인생의 이정표를 찾아 모래 위로 떠난 사람들

사막 위의 두 남자

글 **배영호**
사진 **제이리미디어**

21세기북스

가장 긴 여행은 아직 끝나지 않았다

프롤로그

나는 지금 사막 한가운데를 지나가고 있다. 타르 사막에 다녀온 지 1년의 시간의 흘렀지만 나는 여전히 인생이라는 이름의 가장 멀고 긴 여행을, 생존이라는 이름의 황량한 사막 위를 횡단 중이다.

대학 졸업 후 잠시도 쉬지 않고 돌아가던 인생 시계는 사업 실패로 멈춰 버렸다. 같은 시기 나와 함께 사회생활을 시작한 영민도 갑작스레 찾아온 건강상의 이유로 잘나가던 회사를 그만둬야 했다. 설상가상, 첩첩산중 우리는 인생의 하이라이트를 보내고 주무대에서 밀려났다. 사막에서 길을 잃은 여행자는 별을 보며 방향을 잡는다. 바다에서 길을 잃은 항해사는 등대를 보며 갈 길을 찾는다. 방향을 가

4　　　　　　사막 위의 두 남자

르쳐줄 별도, 어두운 길을 밝혀줄 등대도 없는 우리는 과연 무엇으로 삶의 방향을 되찾을 수 있을까? 멈춰 버린 생의 시간은 무엇으로 되돌릴 수 있을까? 그렇게 생의 무게를 온몸으로 짊어진 중년의 두 남자가 사막의 모래 위에 섰다.

낙타가 사막에서 생존하는 방법

잘 알다시피 낙타는 사막에 최적화된 신체 구조를 가졌다. 그중에서도 낙타의 생존을 결정하는 것은 등에 달린 지방혹이다. 이곳에 저장해놓은 지방과 영양소로 사막에서 물 없이도 생존할 수 있다. 속눈썹과 콧구멍은 또 어떠한가? 낙타의 속눈썹은 거친 모래로부터 안구를 보호할 수 있도록 2줄로 길게 나 있으며, 콧구멍은 자유자재로 열고 닫아 삭막한 모래바람을 견딘다. 2개의 발가락은 넓적하고 높아서 발이 잘 빠지는 모래 지형에서도 편안하게 걸을 수 있다. 낙타의 특징 중 인상적인 것은 굳은살이 단단하게 박인 무릎이다. 당장이라도 몸을 날려 버릴 것 같은 모래폭풍이 몰아치는 순간 낙타는 조용히 그 자리에서 무릎을 꿇고 앉는다. 감히 눈을 뜰 수도, 숨을 쉴 수도 없는 그 막막한 순간이, 자신의 온몸을 할퀴고 휘감는 시련이, 언제 끝날지 모르는 어둠의 막막함이 그저 지나가기를 기다린다. 모래폭풍이 사라지면 낙타는 언제 그런 일이 있었냐는 듯 아무렇지 않게 몸을 일으킨다. 그리고 묵묵하게 목적지를 향해 또 한 걸음 내딛는다.

사막을 건너려면 낙타처럼 건너야 한다. 천천히 낮은 자세로 우직하게 한 걸음씩 나아가야 한다. 타는 듯 뜨거운 열기와 목마름을 그대로 극복하려고 했다면 낙타는 멸종했을 것이다. 휘적휘적 모래 위를 노 젓듯 걸어가는 낙타 등 위에서 나는 '순응'이 곧 '복종'이 아니라, 삶을 대하는 또 하나의 지혜임을 어렴풋이 느낄 수 있었다.

계획대로 되는 인생은 없다

인생의 한쪽 문이 닫히면 다른 쪽 문이 열린다고 했던가. 어찌할 바를 모르고 그냥 시간을 보내고 있던 나는 우연히 방송국에서 기획한 프로젝트에 참여하게 되었다. 사막과도 같은 삶에서 허우적거리는 참가자들이 진짜 사막 여행을 떠난다는 콘셉트의 다큐멘터리였다. 왠지 모를 기대가 생겼다. 진짜 사막으로 가면 어찌할 바 모르고 헤매는 내 인생의 정답을 찾을 수 있을 것 같았다. 이 여행은 그렇게 시작되었다.

어디 계획대로 되는 인생이 있던가. 미리 고백하자면 나는 사막 여행에서 내가 원했던 답을 찾을 수 없었다. 한 번의 여행만으로 인생의 답을 찾을 수 있을 거라는 생각은 욕심이었을 것이다. 그러나 나는 만날 수 있었다. 숨이 턱 막힐 만큼 감동적이고, 눈물이 핑 돌 만큼 아름다운 순간을. 모래 위로 떠오르는 태양을 보았고, 사막의 밤하늘을 수놓은 은하수를 만끽했다. 방향도 알 수 없는 길을 오래도록 걸었다. 메마른 돌 틈을 비집고 나온 풀 한 포기를 한참 들여다보기도 했다. 우리는 계속해서 이어지는 선 위의 인생을 살아간다. 그것을 이어갈 수 있는 힘은 살면서 만나는 작은 지점들일 것이다. 내가 사막에서 얻은 가장 큰 수확은 이런 순간들을 다시 느낄 수 있었다는 것이다. 한 살 한 살 먹으면서 점점 잃어가고 있다고 생각했던 가슴 뛰는 순간들을 말이다. 시간이 지나고 내 삶을 대하는 태도가 바뀔 수 있었던 것도 아마 잊고 있던 감각들이 깨어났기 때문이리라.

이 글은 사막에서 내 머릿속을 지나간 생각들을 정리한 것이다. 힘든 순간에 다시 만난 내 친구 영민과 함께, 비록 짧지만 온 힘을 다한 시간의 기록이다. 내 인생의 한 부분을 기록한 이 글이 독자 여러분께 조금이라도 가슴 뛰는 시간을 선사했으면 좋겠다.

부족한 글이 책으로 엮이게 되니 마냥 신기하다. 나의 작지만 뜻 깊은 성공이 가능하게 도움을 주신 분들, 정상에서 내려와 모래 구덩이에 발이 푹푹 빠질 때 내게 손 내밀어주신 분들, 또 인생의 모래 구덩이에서 고전하고 있을 때 진짜 모래땅으로 떠날 수 있게 이끌어주신 분들, 글 같지 않은 글을 책으로 만들어내는 데 조언을 아끼지 않은 분들…. 그 모든 분께 진심으로 감사드린다. 아울러 부족한 자식의 오아시스가 되어주시고 큰 그늘을 드리워주신 부모님께도 이 자리를 빌려 깊이 고개 숙여 감사드린다.

우리가 사는 이 세계도 여느 오지 못지않게 황량하고 삭막한 곳이다. 내가 인도의 타르 사막에서 찾아오지 못한 답을 이곳 현실의 사막에서 여러분과 함께 찾아 나서고 싶다. 누구의 말처럼 길은 걷는 자의 몫이다. 아직 가장 긴 여행은 끝나지 않았다. 삶의 정답은 삶의 주인인 우리 스스로 찾아야 한다. 만약 그 '답'이라는 게 정녕 있다면.

• 4일 차부터 10일 차까지의 1주일간은 일정상의 지명이 정확하
지 않을 수 있다. 출발 전 스케줄을 만들어준 한국 여행사의 일
정표와 자이살메르 현지에서 인도인 가이드 대장이 손으로 그
려준 지도상의 일정이 일치하지 않았고, 인도인 가이드의 손글
씨가 알아보기 쉽지 않았으며, 워낙 작은 동네 또는 지역을 가
리키는 것이라 구글 지도에서도 검색되지 않았다. 최대한 여러
자료를 모아서 가장 근접한 지명으로 일정표를 재구성했다.

• 전체 일정 중 자이살메르에서 샘듄까지는 동에서 서로 직선거
리 40km인데, 우리는 북쪽으로 차트레일이라는 마을까지 올
라갔다가 다시 서쪽으로 이동해 샘듄에 이르렀다. 샘듄에서는
남쪽으로 쿨다라까지 내려간 다음, 거기서 다시 동쪽으로 이동
해 자이살메르로 되돌아왔다. 우리는 그 루트를 포장도로가 아
닌 광야와 모래언덕으로 걸어서 통과했다. 사막에서의 총 여정
은 120km 정도인데, 하루 약 17km의 거리를 오전 3시간, 오후
2~3시간 정도 도보 또는 낙타를 이용해서 이동했다.

차 례

프롤로그   가장 긴 여행은 아직 끝나지 않았다   4

0일 차   여정의 시작   14

1일 차   산에서 내려와 사막에 서다   24

2일 차   신경계인   44

3일 차   신은 계신다. 아니, 계셔야만 한다   68

4일 차   사막에도 길은 있다   94

5일 차   한 점의 그늘   118

6일 차   길을 잃다   140

7일 차   고통이라는 축복   164

8일 차   내 뜻대로 되지 않게 하소서   190

9일 차   그럼에도 삶은 계속되어야 한다   208

10일 차   새살은 돋고   226

11일 차   이제는 버려야 할 때   244

12일 차   죽은 자는 죽고, 산 자는 산다   262

에필로그   삶은 삶 그 자체로 받아들이는 것   274

0

일

차

여행은 시작이 중요하다. 지금 떠나지 않으면 영원히 못 간다.

이런저런 이유 때문에 망설였다면 우리도 떠나지 못했을 것이다.

때때로 깊은 생각보다 빠른 행동이 더 나은 결과를 낳기도 한다.

어쨌든 우리는 떠났고 그래서 만날 수 있었다. 진짜 사막을.

여정의 시작

세계 최대 사막 사하라도 있고, 미국의 모하비 사막, 남미의 우유니 사막 등 세계 곳곳에 유명한 사막들이 있다. 하지만 예산 문제도 있고, 촬영 기간도 짧을수록 좋았기 때문에 가급적 가까운 중국 쪽 사막을 염두에 두고 사전 조사 작업에 들어갔다. 중국에는 타클라마칸 사막, 쿠부치 사막, 내몽골 자치구 쪽의 유명한 고비 사막 등 많은 사막이 있다. 우리는 그중 내몽골 자치구에 있는 바단지린 사막을 최종 후보에 올렸다.

그런데 단순한 관광이 목적이 아니고 촬영 장비 및 숙소나 식당이 전혀 없는 곳에서 오랜 시간 머물면서 사막을 횡단해야 하는 프로그램의 특성상, 우리의 숙식을 해결해줄 지원 인력이 필요했다. 또한 환자를 동반하는 여행이므로 만약의 사태에 즉시 조치를 취할 수 있는 차량 등의 지원도 필요했다. 문제는 예산이 너무나 많이 소요된다는 것이었다. 열흘 남짓한 일정에 차량과 운전사에게만 소요되는 예산이 무려 800만 원이 넘었다. 도저히 추진할 수 없다는 판단이 들었다.

그래서 먼 친척 동생인 오지 여행 전문가 단정석 사장에게 SOS를 보냈고, 단 사장이 추천한 곳이 바로 인도의 타르 사막이었다. 타르 사막에 대해서는 잘 몰랐지만, 나는 그곳이 오래전부터 꼭 가보고 싶었던 나라 인도에 있다는 것만으로도 구미가 댕겼다. 결국 최종 목적지는 타르 사막으로 정해졌다.

타르 사막

타르 사막은 인도 서북부의 라자스탄 주와 파키스탄에 걸쳐 있다. 인도 대사막Great Indian Desert이라고도 불린다. 면적은 25만 9,000km²로 남북한을 다 합친 한반도 면적22만 1,000km² 보다 더 넓다.

사막 지대이다 보니 강수량은 많지 않다. 대개 1년에 100mm 이하이며, 비교적 비가 많이 내리는 동부 지역도 250mm 정도밖에 되지 않는다. 그나마 강수량이 일정하지 않아 해마다 변동 폭이 크다. 마침 우리가 방문했던 때는 연강수량의 약 90%가 내리는 7~9월의 몬순 시기 직후로 그 어느 해보다 많은 비가 내렸다고 한다. 우리를 안내한 가이드 대장은 오랜만에 풍족한 비가 내려 '사람과 동물들이 모두 행복하다'며 웃었지만 우리가 보기에는 그저 황량하기만 했다.

1년 중 가장 더운 5~6월에는 기온이 섭씨 50도에 이르며, 가장 추운 1월에는 섭씨 5~10도로 서리가 자주 낀다. 5~6월에는 시속 140~150km의 모래 폭풍과 바람이 자주 불어와 여행하기 좋지 않다고 한다.

우리 팀은 여러 가지 일정상 처음에는 8월에 타르 사막에 가려고 했다. 그러나 우기에도 기온이 높아 여행을 권장하지 않는데다가 인도 현지 가이드들도 모두 더운 날씨를 꺼려 지원자를 구하기가 쉽지 않았다. 결국 추석 연휴를 이용해 9월 말~10월 초에 가게 되었다. 그럼에도 불구하고 한낮에는 기온이 쉽게 섭씨 40도를 넘었고, 밤에는 모래 위에 매트리스만 깔고 침낭에 들어가서 자도 춥지 않을 정도의 기온을 보였다.

쾌적한 여행을 위해서는 9~11월이나 3~4월이 좋을 듯하나, 우리 팀처럼 1주일 이상 사막에서 야영을 하는 것이 아니라 쾌적한 대형 텐트촌에서 묵으며 낙타를 타고 사막을 체험해보는 2박 3일 이내의 여행이라면 아무 때나 가능하지 않을까 싶다.

인도의 타르 사막은 이슬람 국가인 파키스탄에 접해 있다. 이곳저곳 떠돌아다니는 유목민들이 살던 곳으로 힌두교 신자뿐만 아니라 이슬람 신자도 많이 살고 있다고 한다. 인도와 파키스탄은 아직도 사이가 좋지 않아서 접경 지역인 타르 사막에는 군부대가 많이 주둔하고 있다. 자이살메르 시내와 인근 도로에도 군용 차량이 수시로 눈에 띈다. 여행을 떠나려는 사람이라면 이 사실을 염두에 두어야 한다.

여행은 시작이 중요하다. 지금 떠나지 않으면 영원히 못 간다. 이런저런 이유 때문에 망설였다면 우리도 떠나지 못했을 것이다. 때때로 깊은 생각보다 빠른 행동이 더 나은 결과를 낳기도 한다. 어쨌든 우리는 떠났고 그래서 만날 수 있었다. 진짜 사막을.

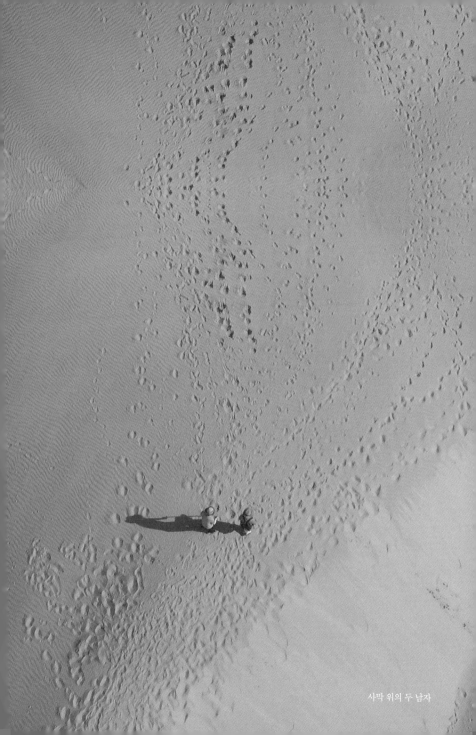

사막 위의 두 남자

1

일

차

우리가 다시 만난 곳은 인생의 황량한 사막이었다.

그도 나도 낙타처럼 모래바람을 견디고 있던 중이었다.

어쩌면 그 때문이었을지 모른다.

우리, 진짜 사막에 가 보자. 가서 진짜 사막을 건너 보자. 그런 마음이 든 것은.

서울에서 델리로 가는 항공편은 여러 가지가 있다. 우리 일행이 출발할 때 직항은 저녁 8시 40분에 출발해 다음 날 새벽 1시에 도착하는 아시아나 항공이 유일했으나, 2016년 12월 대한항공이 오후 12시 45분에 출발해 저녁 6시 20분에 도착하는 직항노선을 신설했다. 나머지 항공편들은 방콕, 상하이, 홍콩 등을 경유해서 델리까지 간다. 그중 소요 시간이 가장 짧고 합리적인 스케줄은 인천공항에서 오후 2시 15분에 출발해서 홍콩을 경유해 같은 날 밤 9시 20분 델리에 도착하는 에어인디아를 이용하는 것이다. 서울과 델리의 시차(3시간)를 고려하면 환승 대기 시간을 포함해서 10시간 정도 소요된다. 우리도 에어인디아를 이용했으나, 비행기 기체 고장으로 홍콩에서 서울로 오는 비행기가 늦어져서 예정 스케줄을 7시간이나 넘긴 다음 날 새벽 4시경 델리에 도착했다.

산에서 내려와 사막에 서다

인천공항으로 가는 공항버스 안에서 연달아 전화벨이 울려댔다.

맨 처음은 이번 일정을 총 조율한 오지 여행 전문 여행사의 단정석 사장에게서 걸려온 전화였다. 우리를 태우고 갈 비행기가 기체 고장 때문에 인천공항으로 오지 못하고 홍콩에 있다는 것이었다. 이어서 다큐멘터리의 기획자이자 제작자인 이종은 PD로부터 전화가 왔다. 역시 일정이 지연될 거라는 내용이었다.

"단 사장한테 벌써 연락받았어."

나는 출발이 지연된다는 소식을 두 번씩이나 듣는 것이 못마땅해 서둘러 전화를 끊었다. 전철이 영종대교를 지나고 있었다. 이곳을 건널

24 사막 위의 두 남자

때면 나는 차창 밖으로 바다를 쳐다보곤 한다. 때마침 만조였다. 간조로 갯벌이 드러나 있을 때보다는 만조로 물이 차 있을 때가 왠지 기분 좋았다. 곧이어 이번 여행의 동행자인 영민에게서 전화가 왔다. 아직 출발이 지연되는 것을 모르는 눈치였다.

"어디야? 우리는 벌써 공항에 도착했다."

"나도 이제 영종대교를 건너는 중이야. 금방 갈 거야."

"김금룡 선배를 만났는데, 네가 신입사원 때 꿈이 부회장이라고 했다며?"

"뭐, 부회장?"

"회장은 어차피 로열 패밀리여야 하니까 안 되고, 부회장이 되는 게 꿈이라고 네가 그랬다던데?"

내가 그랬었나? 기억이 어렴풋했다. 전화를 끊고 나는 잠시 생각에 잠겼다.

정상에서 만나자

김금룡 선배는 내가 신입사원 때 과장으로 모시던 분이었다. 면접 때

장래희망이 무엇이냐는 질문에, 서슴없이 이 회사의 사장이 되겠다고 말했던 것은 기억난다. 그런데 입사한 뒤 사장 위에 부회장이 있다는 것을 알게 되고 나서 꿈이 바뀌었던가? 되짚어봐도 부회장을 입에 올렸다는 대목은 기억에 없다. 당시 면접에서 단순히 좋은 점수를 받기 위해서 사장이 되겠다고 말한 것은 아니었다. 나는 정말 사장이 되고 싶었다. 아마 나의 대학 동기들이나 입사 동기들의 꿈도 거의 비슷하지 않았을까?

우리는 1990년대 초에 대학을 졸업했다. 사회 초년생으로 출발을 앞둔 우리들에게 '정상에서 만나자'는 말은 서로에게 보내는 자연스러운 격려였다. 우리에게는 각자의 정상이 분명히 있었고, 누구든 노력하면 그곳에 설 수 있을 것이라는 믿음이 있었다. 패기만만했으며 도전적이었다. 그리고 인생은 정복하는 것이라고 생각했다.

무엇이든, 어디든 우리 앞을 막는 것이 있다면 그 어떤 어려움이라도 극복해내야 한다고 다짐했다. 우리는 인생이라는 거대한 산 앞에 섰으며, 이제 그 정상을 바라보고 올라가기만 하면 되었다. 하지만 그렇게 원대한 포부를 품고 산에 오르기 시작한 지 얼마 되지 않아 우리는 되묻게 된다. 이 산이 과연 내가 올라야 할 그 산이 맞는 것일까?

"이 산이 아닌가봐."

당시에 유행하던 농담이 생각난다. 정말 우리는 어느 산을 올라야 할지도 모르면서 죽을 둥 살 둥 기어오르고 있는 것은 아닐까?

어찌어찌해 올라야 할 산을 제대로 골랐다고 하자. 그리고 가까스로 산등성이에 올라섰다고 하자. 그래도 아직 선택해야 할 것이 남아 있다.

'어느 봉우리에 올라야 하는가.'

누구도 확실한 대답을 내놓을 수 없는 질문이다. 내가 원하고 동시에 내게 맞는 봉우리를 고르기도 쉽지 않을뿐더러 그곳에 오르는 과정 또한 결코 만만치 않다. 어쨌든 사는 동안 우리는 계속 선택할 것이고, 계속 실패할 것이다.

신입사원 때에는 뭐가 뭔지도 모르면서 그냥 무조건 열심히 일했다. 처리해야 할 일들이 쌓여 있으니 그만큼 시간도 잘 갔다. 출근해서 고개 한번 들 새도 없이, 화장실에 갈 틈도 없이 일감에 코를 처박고 있으면 어느새 선배가 다가와서 어깨를 툭 쳤다.

"점심 먹으러 안 가?"

시간이 어떻게 갔는지도 몰랐다. 점심을 먹고 서류더미에 파묻혀 있다 보면 또 누군가 등짝을 후려친다.

"저녁 먹고 하자."

그날그날 일을 소화해내는 것만으로도 벅찼다. 내가 어디를 헤매고 있는지조차 의식하지 못한 채 그저 매일매일 열심히 나아가고 또 나아갈 뿐이었다. 그렇게 하다 보면 언젠가 어느 산, 어느 봉우리에든 우뚝 서 있게 되지 않을까 막연히 생각하면서.

1990년대 초 분위기는 그랬다. 자기 일에 대한 책임감과 자부심이 충성심을 키웠다. 우리가 몸담고 있는 회사는 우리와 함께 성장할 '평생직장'이었다. 회사는 '요람에서 무덤'까지 책임지겠다고 했다. 요람은 이미 벗어났으니 무덤이라도 제공할 태세였다. 실제로 당시 내가 속했던 그룹에서는 용인에 사원 공동묘지를 만들어 마지막 안식처를 보장할 것이라는 소문이 돌 정도였다.

그룹 회장들은 앞 다투어 '하면 된다'라는 메시지를 담은 책들을 냈고 베스트셀러를 기록했다. 당시 샐러리맨들의 필독서는《신화는 없다》,《세상은 넓고 할 일은 많다》같은 대기업 회장들의 성공신화였다. 누구든 한눈팔지 않고 열심히 앞만 보며 걷다 보면 틀림없이 정상에 이를 수 있다는 믿음이 그 시절에는 실현 가능한 꿈이었다. 우리는 그런 믿음으로 힘겨운 하루하루를 견디고 있었다.

산 정상을 향해 한 발 한 발 내딛는 일상이 고달프기만 한 것은 아니었다. 땀방울을 식혀줄 시원한 그늘이 가쁜 숨을 고를 수 있게 해주었으며, 맑고 수량 풍부한 계곡에 지친 발을 담글 수 있었다. 타는 목을 축여줄, 탐스러운 열매가 달린 과일나무도 있었다. 하루하루는 힘에 부쳐도 보상은 달콤했다. 제 날짜에 꼬박꼬박 월급이 나왔다. 때맞춰 보너스로 목돈이 주어졌다. 간혹 포상이나 승진의 기쁨도 맛볼 수 있었다. 솔직히 말해, 굳이 정상에 오르지 않는다 해도 산기슭에서 노니는 것도 나쁘지 않았다.

따지고 보면 모든 사람에게 다 정상 등극이 허용된 것도 아니었다. 에베레스트 등정 과정만 봐도 그렇지 않은가. 정상 공격조는 변덕스러운 기후와 희박한 산소 등의 악조건을 잘 이겨낼 수 있는 무쇠 같은 체력, 강인한 의지 그리고 탁월한 위기관리 감각을 가진 최정예 요원만이 선발될 수 있다. 그중에서도 최후 한두 명만이 신비로운 설산 최고봉에 감격의 깃발을 꽂을 수 있는 것이다. 나머지 대원들은 안전한 루트를 개척하거나 선발대를 위해 보급품을 나르거나 베이스캠프를 지키며 에이스의 등정을 돕는 일에 투입된다. 그러니 후방의 보급대 역시 임무가 막중하다. 최고봉의 1인 또한 뒤에서 묵묵히 지원해준 동료 선후배들의 노고 없이는 등정이 불가능했을 것이다. 이처럼 자기 자리에서 자신이 맡은 업무에 충실히 임하는 것이 대부분의 대원들이 할 일이긴 하지만, 그래도 정상을 올려다보는 눈동자에 선망과 동경이 깃들지 않았다고 말하기는 어려우리라.

우리 모두에게 산봉우리란 늘 꿈의 자리이자 황홀한 높이였다. 그러나 그 선망과 동경조차 접어야 하는 사태가 들이닥쳤다. 정상을 꿈꿔보기는커녕 산등성이에 머물러 있기조차 어려운 일이 일어났던 것이다.

'IMF.'

이 생소한 영어 약자 세 글자는 우리의 삶을 급격하게 바꿔놓았다. 평생 우리를 품어줄 보금자리로만 여겼던 우리의 산이 이제 우리를 밀어내기 시작했다. 저만치 앞서 산등성이를 올라가던 선배들이 속수무책 하산을 강요당하고 있었다. 거북이처럼 착실히 기어오르던 산중턱에서 산길을 되짚어 내려오는 선배들과 맞닥뜨리게 되자 나도 언제 저렇게 내몰릴지 모른다는 불안감이 엄습했다. 선배들은 하나같이 능력을 인정받은 훌륭한 등반가들이었다. 우리 후배들을 위해 기꺼이 힘든 루트를 개척해주었고, 어렵게 세운 캠프마다 뒷사람이 먹을 양식을 미리 비축해두었던 이들이었다. 회사의 성장이 자신의 성장이라고 믿던 이들이었다. 그런데 회사는 이들을 외면했다. 회사는 이제껏 조직을 떠받쳐온 이들을 참으로 야박하게, 그야말로 '인정사정없이' 몰아냈다.

한편, 아래에서는 어느새 후배들이 엄청난 속도로 올라오고 있었다. 그중 몇몇은 나와 내 동료들을 앞지르기도 했다. 후배가 나와 동료들을 추월하는 것을 보는 일은 중도에 하산하는 선배를 만나는 일보다 더 충격적이었다. 어떻게 저런 스피드와 체력이 가능할까? 정상에 도달하려면, 최소한 정상 가까이에라도 오르려면 저 정도 스피드와 체력이 있어야만 한다는 것인가? 그들은 감히 내가 따라갈 수 없을 속도와 지구력으로 정상을 향해 올라가고 있었다. 나와는 완전히 다른 차원의 존재로 느껴졌다. 그들은 소위 '스펙'이라는 것을 갖추고 있었다. 토익 800점만 넘어도 영어 좀 한다고 우쭐해하던 우리들 앞에 토익 900점대로 무장한 후배들이 나타나 입을 다물게 했다.

그러던 어느 날이었다. 나는 산꼭대기에 오랫동안 머물면서 우리 모두의 부러움을 사던 한 선배의 하산을 지켜보게 되었다. 고지를 정복한 선배의 얼굴은 내가 예상했던 것과는 거리가 있었다. 퇴임인사를 건네던 그에게서 영예를 누린 자의 자랑스러움을 발견할 수 없었다.

오히려 강제로 하산을 당하던 다른 선배들보다 더 쓸쓸해 보였다. 나는 비로소 정상에 올라선다는 것이 과연 의미가 있을까, 하는 생각을 하게 됐다. 그러나 그런 생각도 잠시, 또다시 나는 관성적으로 산을 오르기 시작했다. 다른 방법을 알지 못했다. 그러는 사이 큰 성공은 아니었지만 나름의 성과를 얻었고, 나만의 봉우리를 마련하기 시작했다. 성취감은 마약 같아서 더 높은 곳을 갈구하게 한다. 나 역시 조금 더 올라가고 싶었다. 사회에서 말하는 성공에 더 가까워지고 싶었다. 곧장 새로운 루트를 연구하기 시작했다. 더 빠르게, 더 높게 정상에 설 수 있는 길을….

그러나 세상일이 뜻대로 되는 게 아님을 깨닫는 순간이 내게도 기어이 찾아오고야 말았다. 나는 저만큼 손을 뻗으면 닿을 것 같은 정상을 눈앞에 보면서 주르륵 바위비탈에서 미끄러져 내렸다. 극적인 추락이었다. 정신을 가다듬을 새도 없이 주위를 둘러보았다.

'세상에. 여기가 어딘가.'

믿을 수 없게도 나는 황량한 사막 한복판에 우두커니 서 있었다. 돈이고 뭐고 남은 게 하나도 없었다. 사업한다고 벌여놓은 일들은 모두 실패했다. 집 안 가재도구에 차압 딱지가 붙었다. 사방에서 모래바람이 불어닥쳤다. 숨을 쉴 수가 없었다. 입안에도 콧속에도 모래가 가득 들어찬 것 같았다. 질식할 것 같은 고통 속에서도 나는 허우적거렸다. 살아야 했다. 비록 사막에 내동댕이쳐졌더라도 타는 목을 적셔 줄 물줄기를 찾아야 했다. 그러나 방법을 몰랐다. 나는 하루하루 자책하면서 나 자신을 괴롭히고 있었다.

사막의 사람들

시간은 그런 상황에서도 흘러간다. 그렇게 사막의 가시덤불처럼 메말라가던 어느 날, 나만의 유형지인 줄 알았던 이 척박한 모래땅에서 새로운 사람들을 만났다. 그들도 나처럼 한순간에 사막으로 내몰린 사람들이었다. 하지만 그들은 나처럼 망연자실한 나날을 보내며 시간을 갉아먹고 있지 않았다. 모래사막을 벗어나기 위해 죽을힘을 다하거나, 거친 모래땅에 오아시스의 도시를 세우고자 맨손으로 희망의 샘을 파는 사람들이었다. 그들은 눈물겹도록 치열하게 자신들이 처한 현실과 맞서고 있었다. 영민도 바로 그런 사람 중 하나였다.

영민은 나와 그룹 입사 동기다. 다섯 명씩 진행되는 마지막 면접에 같은 조로 함께 들어가서 둘 다 살아남았다. 그는 입사한 지 얼마 되지 않아 본사로 뽑혀 올라가는 나를 몹시 부러워했다고 하지만 그도 곧 능력을 인정받아 본사의 요직을 두루 거쳤다. 우리는 다른 사람들이 부러워하는 대기업의 엘리트 사원이었다. 우연히 그의 소식을 듣기 전까지, 영민은 아직 산 정상 부근에서 정상 공략의 기회를 노리고 있으리라 생각했다. 그러나 영민은 건강이 좋지 못했다. 여러 해 전에 뇌종양으로 수술을 받았으나 경과가 좋아 회사생활에는 큰 문제가 없는 줄 알았다. 그런데 작년에 재발했다는 것이다. 이번에는 수술조차 할 수 없는 상황이고, 왼손과 왼발이 매우 부자연스러워 재활 치료 중이라고 했다. 나는 그 이야기를 듣자마자 우선 영민을 만나야겠다는 생각부터 들었다. 위로니 격려니 하는 마음에서라기보다 그냥 보고 싶었다. 지난 10년 가까이 연락을 주고받지 않아 나는 그의 전화번호조차 모르고 있었다. 몇 사람 건너 그의 연락처를 알아냈다.

서울 외곽에 위치한 어느 병원 카페에서 그를 만났다. 지팡이를 든 채였다. 듣던 대로 왼쪽 손과 발이 불편한 탓에 걸음을 옮길 때마다 몸이 한쪽으로 기우뚱거렸다. 그러나 그의 표정은 밝았다. 그는 오히려 몇 해째 제대로 자리를 잡지 못하고 헤매는 나를 걱정했다. 자신의 병세에 대해서 아주 담담히 이야기했다.

사막 위의 두 남자

그를 만나고 얼마 후, 내게 뜻하지 않은 행운이 찾아왔다. 사막 여행 프로젝트에 참여하게 된 것이다. 불현듯 영민이 떠올랐다. 그도 이번 사막 여행에 동행하면 어떨까 싶었다. 그의 건강 상태가 사막 여행을 감당할 수 있을 정도인지, 뇌종양으로 개두술開頭術 즉, 머리뼈 절개술을 받은 환자가 비행기를 탈 수 있을지 등에 대해서는 전혀 고려하지 않은 채.

나는 영민에게 전화를 걸어 다짜고짜 사막에 함께 가지 않겠느냐고 물어보았다. 영민 역시 아무런 망설임도 없이 즉각적으로 가겠다는 답을 했다. 나중에 들은 이야기로는 그의 부인은 영민의 결정에 적잖이 놀랐다고 한다. 무슨 일을 하든 백 가지 경우의 수를 놓고 이리저리 검토하던 꼼꼼한 성격의 그가 선뜻 가겠다고 한 게 그답지 않다는 것이었다. 뇌수술이 그의 성격을 바꿔놓았을까. 아니면 다른 절박한 무엇이 있었을까.

나중에 영민에게 물어보았다. 내 제안을 듣자마자 어떻게 곧장 가겠다는 결심을 했느냐고. 그가 태연히 말했다.

"뭐든지 해보고 싶었어. 그런데 너는 왜 나 같은 환자한테 사막에 가자고 했는데?"

그의 반문에 뒤늦게 내 마음을 들여다보았다.

글쎄, 나는 왜 그랬을까. 모르겠다. 거대한 산 아래에서 정상 정복을 목표로 함께 출발했던 동기를 안타깝게도 산 정상에서 만나지 못했다. 우리가 다시 만난 곳은 인생의 황량한 사막이었다. 그도 나도 낙타처럼 모래바람을 견디고 있던 중이었다. 어쩌면 그 때문이었을지 모른다. 우리, 진짜 사막에 가 보자. 가서 진짜 사막을 건너 보자. 그런 마음. 아니면 그와 함께 풀 한 포기조차 싱그럽게 자라지 못하는 진짜 사막에서 우리의 찬란했던 시절을 회고해 보고 싶었는지도 모른다. 치열하게 삶에 매달리던 그때를 생각하면서 그래 그랬지, 그때 참 좋았지, 그런 말이 하고 싶었는지도….

이제 둘 다 하산해 현실이라는 사막을 타박타박 걸어가고 있다. 하지만 나는 아직 산이 그립다. 몇 해가 지났어도 이 사막은 여전히 낯설다. 저 멀리 인도 타르에 있는 진짜 사막에 서면, 이제 우리 생의 사막에도 조금은 익숙해질 수 있을까?

여러 가지 생각이 머릿속을 어지럽히는 사이 인천공항에 도착했다. 나는 먼저 와 있는 영민과 합류했다. 당연히 그의 부인도 함께. 이번 여행에는 영민의 부인도 보호자 자격으로 동행한다. 출국장에는 목사인 영민의 동생도 나와 있었다. 어머니로부터 불편한 몸으로 장거리 여행을 떠나는 형을 잘 배웅하라는 명을 받았단다.

그나저나 출발 예정 시간을 훨씬 넘겼다. 항공사에서는 우리에게 식권을 제공했다. 우리는 식당에 내려가 밥을 두 번이나 먹었다. 우리를 태우고 갈 비행기는 아직 홍콩에서 인천공항으로 출발하지 못했다고 한다. 머릿속에 별의별 걱정이 떠돌았다.

진짜 사막에 가는 일은 시작부터 순탄치 않았다. 내가 딛고 있는 현실처럼.

비행기에서 바라 본 하늘

2

일

차

나도 알고 있다. 우리에게 불어닥치는 모래바람이 더욱 거세지고 있다는 것을.

자칫 중심을 잃거나 급변하는 현실에 적응하지 못하면

블랙홀처럼 거대한 모래무덤 속으로 빨려 들어가 버릴 거라는 사실을.

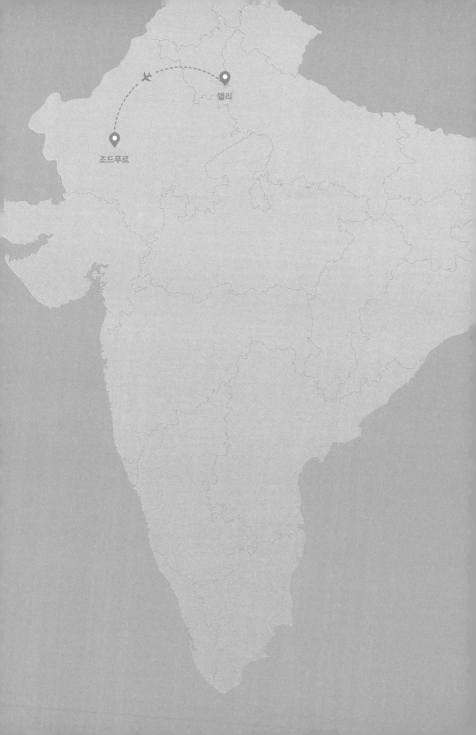

2일 차 이동 경로   출발 인도 델리 Delhi, India

도착 인도 조드푸르 Jodhpur, India

인도의 델리에서 타르 사막이 있는 라자스탄 주의 주도인 조드푸르
까지는 에어인디아 국내선으로 1시간 정도 소요된다. 인구 약 60만
명의 조드푸르는 인도 북서부의 철도 · 도로 · 항공 등의 교통 중심
지이다. 조드푸르는 1459년 세워진 도시로 예부터 조드푸르 왕국의
수도였고 1818년 영국의 통치하에 들어갔다가 1949년에 라자스탄
주로 편입되었다고 한다.

특히 조드푸르는 집 외벽이 대부분 파란색으로 칠해져 있어 블루 시
티라는 별명으로도 유명하다.

신경계인

예정보다 상당히 늦어지긴 했지만 아무튼 우리 팀은 무사히 인천공항을 벗어났다. 에어인디아가 경유지인 홍콩공항에 기착한 것은 자정이 다 되어서였다. 벌써 여정의 둘째 날이 되었으나, 우리는 아직 인도에 도착하지 못했다. 홍콩 구경은 이착륙 시 기내에서 내려다본 야경이 전부다. 늦은 시각이었고, 인도의 사막으로 데려다줄 비행기로 갈아타야 했기 때문에 공항 밖으로 나가지 못하고 대합실에서 기다리는 수밖에 없었다. 야경은 화려하고 유혹적이었지만 대합실 문을 열고 나가 홍콩을 구경할 수 없으니 '그림의 떡'인 셈이다.

내게는 홍콩에 있으나 홍콩에 있지 못한 아이러니한 상황이 의미심

장하게 다가왔다. 요즘 직장인, 특히 나와 같은 50대 직장인들의 상황과 비슷하다는 생각이 들었다. 몸은 분명히 직장에 있으나, 온전히 있는 것은 아닌 현실. 단지 그곳에 묶여 있을 뿐, 언제든 떠날 준비를 하고 있어야만 한다는 점에서 더욱 그랬다.

자정이 임박한 공항 청사는 한산했다. 작은 가게나 식당들도 모두 문을 닫았다. 음료수 한 잔 사 마실 만한 데도 없었다. 우리 일행은 문 닫힌 식당 앞 탁자에 앉아 멍하니 탑승시간을 기다렸다. 인도에 도착하기도 전에 지레 지친 표정들이었다. 마치 순간적인 반항심에 가출해 3, 4일쯤 거리를 떠돈 청소년들 같았다.

여행의 모든 여정이 즐겁고 가슴 뛰기만 했으면 좋겠지만 인생이 그렇듯 목적이 있는 과정은 힘들고 지치게 마련이다. 그것을 잘 이겨내야 당초 생각했던 곳까지 다다를 수 있다.

다시, 주변인

문득 열일곱 살 때가 떠올랐다. 경험이랄지, 경력이랄지 그때 나도 한

차례 가출을 감행한 적이 있었다. 삶의 의미에 대한 고민도 있었지만 가장 큰 이유는 공부하기 싫어서였다. 3박 4일을 집 밖에서 보내다 결국 집으로 돌아갔다. 지금 생각하면 철없는 짓 같지만 그때는 내 나름대로 절실했다.

반항이나 가출 같은 일탈은 청소년의 전매특허이자 일종의 통과의례다. 고민도 많고 불만도 많은 한창 나이에 가출 한 번 시도해 보지 않았다면 그것이 오히려 문제일지도 모른다. 청소년이란 어린아이도 아니고 그렇다고 아직 어른도 못 된 어정쩡한 상태를 말한다. 감정 조절이 쉽지 않고 신체적 변화는 당황스럽다. 이른바 질풍노도의 시기가 도래한 것이다. 그래서 이쪽도 저쪽도 아닌 주변인, 경계인이라고 불린다. 그런데 조금 더 긴 인생을 겪어 보니 50대의 정체성이야말로 주변인, 경계인이 아닌가 하는 생각이 든다. 젊은 세대에도 끼지 못하고, 나이 든 세대에도 끼지 못한다. 미래에 대한 기대를 품기에는 늦은 것 같고, 포기하기에는 아직 이른 것 같은 그런 경계인. 그러나 아직 할 수 있고, 해야 할 일이 많다. 뒤로 물러나기에는 지켜야 할 것이 많다. 나이가 드니 자연스럽게 신체의 여기저기가 제대로 기능하지 못하는 경우가 더러 생기기도 하지만, 스스로는 이만하면 아직 꽤 쓸 만하다 싶다. 물론 청장년 시절에 비해 체력이 떨어지는 건

사실이다. 하지만 일을 꼭 힘으로만 하는 건 아니지 않은가? 그동안의 경험으로 어지간한 일은 젊은이들 못지않게 할 수 있다. 정서적으로 잘 감동하고 눈물이 많아진 것 같기도 하지만, 그것을 단점이라고만 할 수는 없지 않은가?

나도 알고 있다. 우리에게 불어닥치는 모래바람이 더욱 거세지고 있다는 것을. 자칫 중심을 잃거나 급변하는 현실에 적응하지 못하면 블랙홀처럼 거대한 모래무덤 속으로 빨려 들어가 버릴 거라는 사실을. 어쩌면 우리가 생각하는 것보다 훨씬 빠른 속도로 사막화가 진행되고 있는지 모른다.

버티는 삶에 관하여

영민을 통해서 회사 내 동기들과 선후배들의 근황을 비교적 자세히 알 수 있었다. 경륜이나 판단력 면에서 결코 밀리지 않는 50대의 많은 선배와, 이제 막 50줄에 들어선 동기들이 사실상 회사에서 거의 밀려나는 분위기라는 것이었다. 예전 같으면 신입사원들이 처리할 사소한 업무가 그 분야의 베테랑들에게 주어진다는 씁쓸한 뒷이야기도 들려왔다. 그것은 조직이 더 이상 필요로 하지 않는다는 강력한 암시이며, '잉여인간'이라는 선언이나 마찬가지가 아닌가.

50세면 인생의 절반을 산 것에 불과하다. 인생을 하루에 비유하면 이제 겨우 정오가 되었을 뿐이다. 오전 일과를 끝내고 점심을 먹어야 할 시간인데 우리는 벌써 주변으로, 경계로 밀려나버렸다.

하지만 예전과는 달라진 풍조도 있었다. 요즘의 50대는 이전의 선배들과 달리 어떻게든 알아서 하산하지 않고 버틴다는 것이다. 아무리 하찮은 일감이 주어지고 모멸적인 대우를 받더라도 악착같이 산자락에 머물러 있으려고 안간힘을 쓴다는 것이다. 그들에 앞서 차가운 세상으로 내동댕이쳐진 사람들로부터 새로운 삶을 개척하기엔 주어진 땅이 얼마나 척박하고 메마른지 뇌리에 박히도록 듣고 또 들은 까닭이리라. 그렇게 버티는 이들 또한 산의 정상에 설 수 있다는 손톱만 한 희망이 있어서는 아닐 것이다. 그들의 희망이란 차가운 세상으로 밀려나는 시점을 가능한 한 늦추는 것, 산기슭 그늘에서 조금이라도 더 땡볕을 피해 보는 것이다.

문제는 우리 세대에는 우리 앞 세대에서 없었던 고민이 하나 더 생겼다는 사실이다. 우리는 너무 오래 산다. 여전히 이른 나이에 세상을 뜨는 사람들이 있지만 평균 수명도 기대 수명도 나날이 길어지고 있다. 인간의 가장 큰 욕망이던 장수가 새로운 고민거리를 떠안겨주리라고 어디 예상이나 했겠는가.

옛날에는 60년을 살면 동네잔치를 벌였다. 70년을 살면 고래古來로 드문 일이라 여겨 임금이 상을 내렸다. 그런 시대에는 50세에 중늙은이 소리를 듣기도 예사였다. 그런데 지금은 100세 시대다. 실제로 100세를 사는 노인이 흔해졌다. 80세 넘은 노인은 오히려 젊다는 인사를 듣는 세상이다.

그런 마당에 50세면 인생의 절반을 산 것에 불과하다. 게다가 복잡해진 사회에서 사느라, 전보다 더 오래 공부해야 일자리를 얻을 수 있고, 더 오래 준비해야 겨우 결혼할 수 있다. 그렇다 보니 50이 되었다고 해도 자식들은 대개 미성년자인 경우가 많다. 우리 세대가 버티는 삶을 살고 있는 이유다. 물론 사막에 적응하고 사는 베두인족도 있으니, 사막에서도 어떻게든 살아갈 수는 있을 것이다. 그러나 베두인족은 원래부터 사막에서 나고 자라 그곳에 최적화한 사람들이다. 그에 비해 우리는 젊을 때부터 오로지 산의 정상만을 바라보고 살던 부족이다. 하루아침에 기후도 풍토도 낯선 사막에 던져졌다고 생각해 보라. 어찌 두렵고 막막하지 않겠는가.

내가 처음 회사에 입사했을 때만 해도 업무 환경이 지금과 아주 달랐다. 부서에 컴퓨터가 한 대밖에 없던 시절이라 품의서를 손으로 작성해야 했고, 복잡한 지급결의서 계산도 일일이 전자계산기를 사용해야 했다. 입사한 지 얼마 되지 않아 외근 직원들에게 무선호출기, 일명 '삐삐'가 지급되었는데, 그땐 우리가 정말 좋은 회사에 다닌다고 생각했다. 몇 년 후에는 1인당 한 대의 컴퓨터가 지급되었다. 엑셀이 복잡한 계산을 대신해주고, 그동안 힘들게 팩스로 주고받던 각종 문서를 첨부 파일로 손쉽게 주고받을 수 있게 되면서, 정말 세상 좋아졌다는 생각을 했다. 그러나 요즘은 이러한 과학 기술의 발달이 우리에게 결코 유익하기만 한 것은 아니라는 생각이 든다. 의학의 발달로 이 힘든 인생이 몇십 년 더 연장되어 버렸으니. 우리가 50대에 사막으로 쫓겨나는 이유로 과학 기술의 발달을 빼놓을 수 없다.

나는 1990년대 중반에 업무 혁신과 관련된 부서에서 일했다. 나는 중요한 프로젝트를 맡아서 진행하고 있었다. 부서장이 따로 있었지만 내가 기안한 프로젝트였고 실제 업무 또한 전적으로 주관해서 진행했기 때문에 프로젝트를 성공시키기 위해 정말 열심히 일에 매달렸다. 외국 선진회사의 사례를 벤치마킹해서 시작된 일이긴 했지만, 그래도 내가 전체적인 그림을 그린 프로젝트라서 애착이 컸다.

당시 내 계획은 막 등장한 최첨단 기술들, 예를 들어 디지털카메라, 모뎀(당시에는 랜이나 와이파이는 없었다), 노트북 등을 이용해서 업무를 효율화하자는 것이었다. 그 프로젝트만 잘 마무리되면 우리 직원들이 하루 8시간 근무 시간 내에 모든 일을 처리하고 저녁 시간 그리고 주말과 휴일에는 온전히 쉴 수 있게 될 것이라고 생각했다. 요즘 유행하는 말로 하면 직원들에게 '저녁이 있는 삶'이 가능해지리라는 확신이 있었다.

그 일을 거의 마무리 지은 뒤 잠시 다른 업무에 배치되었다가, 다시 해당 업무가 어떻게 정착되어 가고 있는지 살펴볼 기회가 생겼다. 내가 기안한 프로젝트는 성공적으로 안착되었고, 모든 직원이 디지털 기술을 이용한 새로운 방식으로 일하고 있었으며, 그 사이 기술은 더 발전해서 내가 생각지도 못한 영역에서도 효율이 나고 있었다. 그런데도 직원들은 여전히 밤늦게까지 일하고 있었다. 이유는 간단했다. 해당 업무는 원래 한 사람이 월 30건 정도를 처리하던 일이었다. 그런데 그것과 똑같은 업무를 직원들이 월 90건씩 처리하고 있었던 것이다. 결국 나의 아이디어와 첨단 기술이 접목되어 새로운 제도가 만

들어지고, 그 제도에 적응하기 위해 수많은 직원이 노력한 결과를 회사가 고스란히 가져가 버린 것이다.

나는 시스템이 효율적으로 안착돼 일이 일찍 끝나면 퇴근도 제때 할 수 있을 것으로 생각했다. 하지만 회사는 한 사람에게 배정하는 일을 3배로 늘림으로써, 똑같은 일을 하는 데 필요한 직원 수를 3분의 1로 줄여버렸다. 이런 사태는 기술의 발달로 시스템이 안정적으로 구동되면서 가속이 붙었다. 지금 우리 주변을 둘러보면 곳곳에서 이런 사태가 벌어지고 있다.

인공지능이 바둑 최고수를 이기는 세상이다. 웬만큼 정교한 작업도 로봇이 대체할 수 있게 된 21세기에, 기술이 대체한 인간의 직업을 또다시 대체할 직업을 찾기란 요원해 보인다. 100명이 할 일을 로봇 한 대가 할 수 있는 시대에 그 로봇을 설계하고 제작하고 관리하는 일자리가 새로 생겼다고 해도, 그 100명 모두에게 새로운 일자리를 줄 수는 없다. 만약 줄 수 있다면, 애초에 그런 로봇은 만들지도 않았을 테니까 말이다. 이런 상황에서 역시 제일 먼저 사막으로 밀려나는 사람은 이도 저도 아닌 50대다. 상대적으로 체력도 약하고, 하루가 다르게 발전하는 새로운 기술에 대한 적응력도 떨어지는 50대가 제일 먼저 밀려나는 것은 어쩌면 당연한 이치인지도 모른다.

인생은 시종 여일하게 무지갯빛이 아니다. 100세 시대를 살면서 50세에 조기 퇴장당해 버리면 갈 곳이 없다. 나머지 50년을 어디서, 어떻게 버티란 말인가. 밀려난 50대가 모두 다 불우해지는 것은 아닐지라도 경쟁력이 저하된 그들을 바라보는 시선은 차갑다. 그들에게 100년은 가혹할 만큼 길다. 그러니 어찌 100세 시대를 사는 우리를 축복받은 세대라고 당당히 말할 수 있겠는가. 선택받은 소수를 제외하고는 차라리 재앙에 가깝다. 우리는 선택을 해야 한다. 이 재앙을 그대로 버틸지, 다시 우리 삶을 개척할지.

전사의 도시

둘째 날 새벽, 드디어 인도 뉴델리공항에 도착했다. 주위가 아직 어두워서인지 인도에 도착했다는 실감은 나지 않았다. 게다가 지어진 지 얼마 안 된 최신식 청사라 델리에 도착하면 맡을 수 있다는 인도 특유의 냄새라 할 만한 것도 전혀 나지 않았다.

공항에는 이번 일정을 우리와 함께할 인도 청년 지탄드라 싱이 마중 나와 있었다. 싱은 잘생긴데다 한국말이 제법 유창했다. 독학으로 타국어를 배운 사람이 흔히 그러듯 약간 어색한 문법의 한국어를 구사했지만, 표현력이 뛰어나고 어휘가 풍부했다. 그는 인도를 방문하는 스님과 보살님(보살님이라고 말하는 싱의 발음은 매우 훌륭했다)들에게서 주로 한국어를 배웠다고 한다.

우리는 싱이 대기시켜 놓은 미니버스에 올랐다. 공항 인근 호텔에 가서 잠깐 눈을 붙이기로 했다. 조드푸르로 가는 인도 국내선 비행기 출발 시각까지 두세 시간 여유가 있었다. 호텔에 도착해서는 짐 정리는 엄두도 못 낸 채 대충 샤워를 한 후 쓰러지듯 누웠다. 잠을 자는 둥 마는 둥 뒤척이다 일어나 허겁지겁 아침을 먹었다. 그러고는 다시 공항으로 이동했다.

우리는 뉴델리공항에서 비행기로 한 시간 남짓 날아 조드푸르에 도착했다. 조드푸르는 타르 사막이 있는 인도 북서부 라자스탄 주의 중심 도시다. 산스크리트 어로 '조드Jodh'는 전사, '푸르Pur'는 도시를 뜻한다. 외벽을 파란색으로 칠해 놓은 집이 많아서 '블루 시티'라고도 불리는 곳이다.

조드푸르공항은 공군과 활주로를 공용하는 비행장이다. 활주로 이곳저곳에 공군 전투기 격납고가 보이고 경비가 무척 삼엄했다. 사막 근처에 겨우 한 발짝 다가왔을 뿐인데도 비행기 문을 나서자 뜨겁고 건조한 바람이 훅 끼쳐왔다. 뜨거운 햇살에 나도 모르게 눈살을 찌푸렸다. 연결램프가 따로 있지 않아 우리는 걸어서 공항 청사에 들어섰다. 공항 청사는 우리나라 시골 버스 터미널 규모 정도로, 시설이 썩 훌륭하진 않았다.

공항 주차장에는 우리가 타고 갈 두 대의 지프가 대기하고 있었다. 2차 세계대전 때 미군이 사용하던 지프와 디자인이 흡사했다. 지프 옆면에 '마힌드라Mahindra'라는 글자가 선명했다.

마힌드라는 2010년 우리나라 기업인 쌍용자동차와 인수합병 계약을 체결한 인도 재계 10위권에 드는 자동차그룹이다. 우리는 마힌드라가 생산한 지프를 타고 우리 여행의 베이스캠프라고 할 자이살메르로 갈 것이다.

일행은 지프 두 대에 나누어 타고 조드푸르 시내로 들어갔다. 작지만 제법 전통 있어 보이는 호텔에 여장을 풀었다. 오랜 기다림과 비행에 지친 몸을 잠깐이나마 누일 수 있었다. 하지만 놀기 좋아하고 구경 좋아하는 한국 사람들이 호텔에 누워 시간을 보낸다는 건 있을 수 없는 일! 우리는 짧은 휴식을 취한 후 조드푸르 어디서든 보이는 거대한 메헤랑가르 성에 가보기로 했다.

조드푸르 시내 풍경. 멀리 메헤랑가르 성이 보인다

사막 위의 두 남자

"어떻게 돌을 저렇듯 정교하게 깎아 놓았을까."

해발 122m 바위 위에 세워진 메헤랑가르 성은 정말 화려한 궁전이자 요새였다. 돌에 새긴 문양이 몹시 아름다웠다. 감탄이 절로 나왔다. 성의 문들과 창문과 창틀 등은 마치 나무를 조각해 놓은 것과 같은 질감으로 깎아 놓아서 자세히 보지 않으면 그것이 돌이라는 사실을 미처 알지 못했을 정도였다. 아마도 모래가 굳어서 만들어진 사암이라 화강암보다는 비교적 조각하기가 낫긴 했겠으나, 그래도 여간한 공력과 솜씨가 아니고는 거대한 성채 전체를 사람의 손으로 깎아내기가 쉽지 않았으리라. 연강수량이 적은 사막 지역이라 그런지 보존 상태도 매우 뛰어났다. 몸이 불편한 영민을 핑계로 내세워 우리 일행은 걷지 않고 엘리베이터를 타고 곧장 성의 꼭대기까지 올라갔다. 거기서부터 걸어 내려오기로 했다.

한 층씩 내려가면서 옛날 왕족들이 살던 방들을 구경했다. 그중 왕이 거처하던 방이 특히 인상적이었다. 스테인드글라스로 치장된 그 방은 석양빛을 정면으로 받아 온갖 색의 마술을 펼쳐 보이고 있었다. 그 옛날 이 성의 주인인 왕은 무소불위의 권력을 동원해 자신이 누릴 수 있는 최대의 사치를 마음껏 누렸으리라. 하지만 그런 호사를 누리던 왕은 지금 그 어디에도 흔적이 없고, 대신 먼 이국에서 온 관광객이 이 놀라운 색채의 향연을 즐기고 있다. 각층을 다 둘러보고 성 안에 난 골목길로 나오다가 벽에 사람 손바닥 모양이 잔뜩 찍힌 부조물을 보았다.

사티라고 부르는 이것은 왕이 죽으면 함께 생매장되는 왕의 아내들이 남긴 손자국이란다. 나의 손보다 훨씬 작은 손바닥 자국이 10여 개나 한꺼번에 찍혀 있다. 아내들은 명예라는 헛된 미명하에 강요된 죽음을 맞이하면서 작은 손바닥 자국 하나만 남겼다. 명예는 불필요한 것을 누군가에게 강요할 때 허울로 쓰이는 경우가 많다. 나 역시 얼마나 많은 명예로운 것을 위해 애써 왔던가. 왕의 아내들이 지킨 명예는 자신을 불구덩이에 내던질 정도로 의미 있는 것이었을까? 벽에 새겨진 작은 손바닥들은 오히려 그런 부질없는 명예를 거부하는 마지막 절규인 듯했다.

"Stop!"

무덤의 부장품으로 사라져간 여인들의 처절한 외침이 환청으로 들리는 것만 같았다.

우리는 널찍한 테라스에 자리를 잡았다. 거기서는 붉은빛이 번진 서

정교한 조각이 돋보이는
메헤랑가르 성 입구

메헤랑가르 성의 스테인드글라스

사티. 얼마나 많은 여인이 명예라는 미명하에 스러져 갔을까

쪽 하늘이 잘 보였다.

"한 20분 뒤 해가 넘어갈 것 같은데?"

우리는 거기서 노을을 구경하기로 하고 난간에 걸터앉았다. 영민은 긴 투병생활을 하느라 오랜만에 해외나들이를 해서 그런지 기분이 좋아 보였다. 메헤랑가르 성에서 지는 해를 보며 우리는 우리가 가게 될 타르 사막이 아니라 우리의 사막을 이야기했다. 그때 우리가 나눈 대화는 사막 여행을 끝내고 돌아온 지금도 잊히지 않는다. 지나간 것에 대해, 오늘에 대해, 그리고 앞으로에 대해….

우리의 사막행은 완전히 자발적인 출발은 아니었다. 그래도 어느덧 우리는 사막의 입구에 와 있었다. 이심전심, 이곳에서 우리의 길을 찾아 보는 것도 의미가 있을 것이라고 생각했다.

이제 본격적으로 시작될 사막 여행은, 걱정보다는 기대가 컸다. 우리 인생에도 전망 좋은 산에서 내려와 모래와 자갈밭이 널린 사막에 섰을 때 걱정보다 기대가 더 크다면 얼마나 좋을까?

블루 시티의 서쪽 하늘이 붉은 장미처럼 타올랐다. 우리는 가만히 그 환상적인 풍광을 지켜보았다.

'뭐, 앞으로 어떤 난관이 닥칠지는 모르겠지만 저 아름다움은 이 순간의 진실로써 충분히 가치가 있는 것이지.'

블루 시티의 이름값에 걸맞은 파란색 집들이 마침 서쪽으로 넘어가는 태양빛을 받아 보석처럼 반짝였다. 적황색의 메헤랑가르 성, 조드푸르 도심의 파란색 집들, 그리고 이제 막 붉은빛으로 변하는 노을…. 마법처럼 아름답고 황홀한 색의 조합이었다. 정성 가득한 환영인사를 받은 것처럼 마음이 넉넉해졌다.

메헤랑가르 성에서 바라본 조드푸르 시내

3

일

차

나는 현재 불교 신자라고도, 기독교 신자라고도 할 수 없다.

한 종교를 정해놓고 신앙생활을 하는 건 아니지만, 신은 믿는다.

아니 믿을 수밖에 없다. 무신론자의 주장처럼 신이 없다면

이 힘든 세상을 누구에게 의지하고 살 수 있단 말인가.

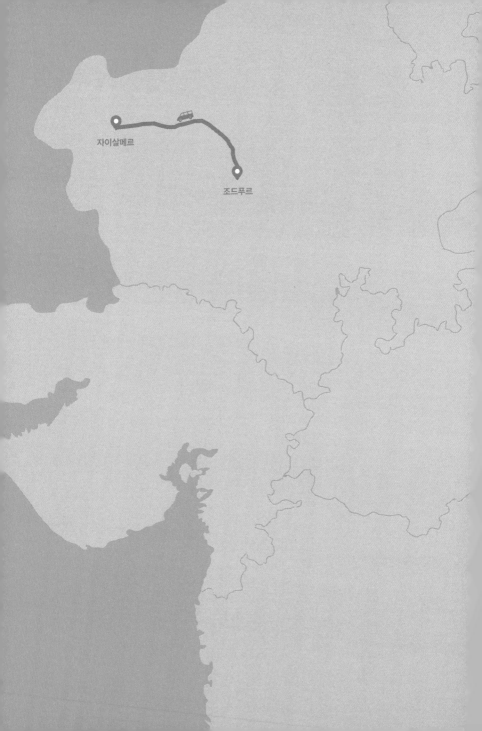

자이살메르

조드푸르

3일 차 이동 경로

출발 인도 조드푸르 Jodhpur, India

도착 인도 자이살메르 Jaisalmer, India

자이살메르는 타르 사막으로 가기 전 들르게 되는 마지막 도시다.
인구는 조드푸르의 10분의 1인 6만 명 정도이며, 사막을 건너는 대
상무역의 중심지이자 타르 사막 관광의 베이스캠프 역할을 하고 있
다. 조드푸르에서 자이살메르까지는 약 286km로 도로 사정이 좋
지 않아 버스로 이동 시 6시간 30분 정도 소요된다. 조드푸르에서
자이살메르까지의 버스요금은 200~250루피(한화 4,000~5,000원)
인데 버스 출발 시간이나 조건(침대차 여부) 그리고 흥정에 따라 가
격이 천차만별이다.

첫째 날 인천공항에서 출발해 셋째 날 자이살메르에 도착할 때까지
는 사막에 들어가기 위한 준비 기간이었다. 결국 타르 사막에 들어
서는 데 3일이 걸린 것이다.

신은 계신다. 아니, 계셔야만 한다

3 일 차

셋째 날은 아침 일찍부터 서둘렀다. 지프를 타고 무려 6시간을 달려가야 '인도 대사막'이라고도 불리는 '타르 사막' 초입의 도시 자이살메르에 도착할 수 있기 때문이다. 내일부터 본격적으로 시작될 사막카라반의 계획을 최종 점검하고 준비하려면 자이살메르에 가서 점심을 먹는 게 안정적인 일정이었다.

지프는 당연하다는 듯이 에어컨이 없었다. 그나마 나와 영민 그리고 영민의 처가 탄 차는 헝겊으로 된 지붕이라도 있어서 햇빛을 가릴 수 있었지만, 제작팀이 탄 지프에는 그마저도 없었다. 덮개가 없어 바람이 잘 통해 시원할지, 직사광선에 6시간 동안 노출될 수밖에 없어 말

그대로 건식 사우나를 하게 될지는 예상할 수 없었다.

도로 사정은 더 엉망이었다. 고속도로라는 말의 의미를 잘생긴 인도인 가이드 싱이 모르든지, 아니면 인도 도로교통법에서는 소를 비롯한 가축에게도 고속도로 통행을 허용하고 있든지 둘 중 하나는 틀림없었다.

도로는 왕복 2차선이었다. 앞차를 추월하려면 중앙선을 넘어야 했다. 우리가 추월해야 할 것은 앞차뿐이 아니었다. 수레와 소도 추월해야 할 대상이었다. 분명 조드푸르 시내를 빠져나와 고속도로에 진입했다고 했는데, 시내를 빠져나와서도 도로에는 여전히 소들이 다니고 있었다. 급할 것 하나 없어 보이는 소들의 느릿느릿한 걸음과 조급한 운전기사들의 과격한 운전은 묘하게 조화를 이루었다. 교통의 흐름은 끊어질 듯 이어졌다.

우리 차의 이동속도와 소의 이동속도 및 방향 등을 고려할 때 10초 후에는 차와 소의 충돌을 피할 수 없을 것 같은데도 막상 10초가 지나고 나서 보면 차는 차대로 소는 소대로 멀쩡히 제 갈 길을 가고 있었다. 무질서조차 하나의 질서로 보이는 곳. 인도에 왔음을 다시 실감하게 되었다.

길가에 펼쳐진 풍경은 그다지 시선을 끌지 않았다. 우리는 특별한 지형지물이 없는 도로를 달리기도 했지만, 도로 양옆으로 집들이 띄엄띄엄 들어서 있는 마을을 지나기도 했다. 인도는 빈부 격차가 극심한 나라다. 시골로 올수록 주거 환경은 열악했다. 나무로 대충 기둥을 세우고 천이나 나뭇가지를 얼기설기 엮어 비를 피할 수 있을 정도로 만든, 천막이라고도 말하기 민망한 '설치물'들 아래 사람들이 살고 있었다. 그곳에서 어떤 이는 이를 닦고, 어떤 이는 딸의 머리를 빗기고, 어떤 이는 어린 아들 녀석을 발가벗겨 씻기고 있었다.

순례길의 임시 거처라면 또 모를까, 순례자라고 하기에는 그들의 세간이 너무 많았다. 아주 어린아이들까지 딸린 식구가 많은 것으로 보아, 대부분 그곳을 삶의 터전으로 삼고 있는 모양이었다.

그래도 아이들의 표정은 매우 밝았다. 아이들은 천진난만하게 웃고 떠들며 뛰어놀고 있었고, 우리 일행이 잠깐의 휴식을 위해 차를 세울 때마다 호기심 가득한 눈동자로 다가와 우리를 관찰했다. 아이들은 우리의 부탁에 스스럼없이 사진을 함께 찍어주기도 했다. 적어도 그 아이들은 행복해 보였다.

사막의 아이들.
때로 우리는 자신의 잣대로
행복과 불행을 단정하기도 한다

이들이 부실한 집에서 산다고 행복하지 않으리라 여기는 것은 자본 중심적인 사고방식에 익숙한 탓일 것이다. 집이 부실하건 부실하지 않건 그것이 행복의 판단 기준이 될 수는 없음에도 말이다. 형편없는 집을 보고 이들의 삶이 불행할 것이라고 섣불리 예단하는 건 고정관념이요, 편견이다. 사실 이들보다 구색을 갖춘 주택에서 사는 우리가 모두 다 행복한 건 아니지 않은가. 결국 사는 형편이 우리의 행복을 좌지우지하지는 못하는 것이다.

이들의 의식주가 궁색하다고 해서 '안됐다'거나 '불쌍하다'고 말하는 일은 주제넘은 짓이다. 이방인일 뿐인 나의 잣대로 그들을 평가하는 일은 옳지 않다. 그들에게는 그들만의 삶의 방식이란 게 있다. 내 눈에는 누추해 보이는 집이지만 덥고 건조한 날씨에 알맞은 구조일지도 모른다. 결국은 어디에서 사느냐보다 누구와 사느냐가 더 중요한 것이 아닐까?

인도의 어느 시골 마을에서 이들의 소박한 살림살이를 들여다보고 있자니 내가 가본 숙소 중에서 숙박료가 제일 비싼 어떤 곳이 생각났다. 그곳은 부산에 있는 어느 특급호텔의 객실이었다. 하룻밤 숙박료가 자그마치 500만 원이었다. 물론 내가 거기서 묵었다는 건 아니다.

사막 위의 두 남자

일하던 방송국의 프로그램 촬영을 위해 그 호텔 룸을 몇 시간 빌린 것인데, 방을 둘러보고 내심 놀랐다.

'아, 부자들이 누리는 사치가 고작 이 정도구나.'

크고 독립적인 여러 칸의 방, 호화로운 가구와 고급스러운 인테리어, 욕조에 몸을 담그고서 시원하게 펼쳐지는 해운대 앞바다를 볼 수 있는 전망 등등. 최고급 객실답게 갖출 건 다 갖춘 훌륭한 방임에는 틀림이 없었지만, 하루에 500만 원씩 지불해가며 이 방을 꼭 써야만 할까 하는 생각이 드는 것은 어쩔 수 없었다. 하룻밤에 5만 원 하는 시골의 작은 펜션이라도 사랑하는 가족과 함께하는 것이 더 행복하지 않을까 하는 생각이 들었다. 여기, 천막 수준에도 못 미치는 집에 살면서도 지나가는 행인을 보며 환하게 웃어주는 이들처럼.

사막 안으로 들어가다

조드푸르에서 자이살메르로 가는 길가에는 잠깐 들러 볼일을 해결할 수 있는 휴게소가 거의 없었다. 휴게소는커녕 한참을 달려도 건물 한 채 보이지 않는 구간도 많았다. 조드푸르도 사막에 가까운 메마른 지대이지만, 자이살메르로 가까이 갈수록 차창 밖의 풍경은 더 황량하게 변해 갔다. 여기저기 모래언덕들이 보이기 시작했다. 언덕 하단의 모래가 흘러내려 도로가 모래로 뒤덮인 곳도 있었다.

길에는 여전히 드문드문 소들이 보였으며, 간혹 낙타도 지나갔다. 소와 낙타의 다른 점은 소는 혼자 자유롭게 이곳저곳을 어슬렁어슬렁 다니는데, 낙타는 반드시 사람에게 고삐를 잡힌 채 이동한다는 것이다. 소와 낙타 등 각종 동물들과 차가 한데 뒤엉킨 도로 같지 않은 도로를 6시간 넘게 덜컹거리며 달렸다. 마침내 우리를 태운 지프가 우회전을 했다. 저 앞에 느닷없이 웅장한 건물이 모습을 드러냈다. 왕궁 같기도 하고 박물관 같기도 했다. 건물 출입구 앞에 차가 멈춰 섰다. 우리가 묵을 호텔이었다. 우리는 여기서 1박을 할 예정이었다.

차에서 내리자 터번을 높이 쓰고 화려한 옷을 입은 남자가 우리에게 다가왔다. 수염을 멋지게 길러 양옆으로 말아 올린 남자가 합성섬유 재질의 조악한 꽃술 화환을 목에 걸어주었다. 그러고는 물수건과 함께 오렌지주스 한 잔씩을 건넸다. 오렌지주스에서는 인공적인 향과 맛이 느껴졌다. 그래도 먼 길을 달려 자이살메르를 찾은 이방인에게는 나쁘지 않은 환영인사였다. 호텔 내부는 마치 궁전처럼 으리으리했다. 바닥은 객실까지 온통 대리석이 깔려 있었으며, 식당의 천장은

사막 위의 두 남자

높고, 샹들리에는 휘황찬란했다. 객실의 가구들도 매우 고풍스럽고 격조가 있었다. 맑은 물이 가득 채워진 수영장도 크고 깨끗했다. 그나마 몇 그루씩 보이던 관목들도 점점 시야에서 사라지고 간혹 자그마한 모래언덕 즉, 사구Dune들이 나타나 드디어 타르 사막 입구에 다가왔구나 하고 생각할 즈음, 뜻밖에 멋진 호텔에 도착한 것이다. 그곳이 바로 자이살메르, 우리 사막 여행의 출발지였다.

우리는 에어컨도 없는 지프에서 장시간 흔들리며 달려온 터라 정신까지 멍해진 상태였다. 늦은 점심을 먹기 전에 우선 짐부터 풀기로 했다. 우리는 각자 배정받은 방으로 흩어졌다. 간단한 샤워도 마쳤다. 호텔 식당은 천장도 높고 실내 분위기도 화려했다. 점심 메뉴는 우리를 위해 특별히 중국식으로 준비했다는데, 막상 접시에 담겨 나온 요리 중에 이름을 알 만한 것은 하나도 없었다. 밥알은 한 알 한 알 날아갈 듯했고, 중국음식에서 흔히 나오는 탕수육이나 양장피 같은 것은 있지도 않았다. 대체로 처음 보는 음식들이었으나 인도 특유의 향신료 냄새가 오히려 독특한 풍미를 자아내어 맛이 매우 좋았다. 내일부터는 사막에서 야영을 하면서 캠핑 음식을 먹게 될 것이었다. 지금처럼 제대로 된 식사 기회가 있을 때 가능한 한 양껏 먹어두어야 하

사막 여정의 출발지인 자이살메르 거리.
이 여행에서 우리는 무엇을 얻을 수 있을까?

사막 위의 두 남자

리라. 만족스러운 식사를 마친 후, 우리 일행은 자이살메르 시내 구경 및 쇼핑에 나섰다. 다큐 제작진은 우리가 머무는 곳마다 스케치 영상을 찍어두어야 했고, 나도 사막 여행에 필요한 옷을 사야 했다. 사실 나는 이번 여행을 위한 별다른 준비를 해오지 않았다.

대학을 졸업하고 취직을 한 뒤부터 쉬지 않고 일했다. 그 결과 비교적 편안한 생활을 보장받았으나 그 또한 영원한 것은 아니었다. 떠밀리다시피 미끄러져 내려와 빈손이 되었을 때, 나는 내 인생을 새로 설계하지 않으면 안 된다는 걸 절감했다. 사막 여행은 그 시작이었다. 첫 단추부터 제대로 꿰고 싶었다. 그래서 사막이 삶의 한 부분인 여기 사람들처럼 행장을 꾸리기로 마음먹었다. 극한 환경을 고려한 인체공학적 기능성 옷이나 기능성 신발 따위를 아예 구입해오지 않은 건 그래서였다. 최신 장비의 도움을 받으면서 하는 여행은 진짜 사막을 체험하고 그 속에서 인생의 답을 고민하며 찾아보려는 여행과는 거리가 멀다는 생각이 들었기 때문이다. 또, 기왕이면 현지인들이 입는 옷에 현지인들이 신는 샌들을 신는 것이 사막 도보 여행의 취지에 더 맞는다고 생각했다.

자이살메르에는 오아시스라고 하기에는 거대한 호수가 하나 있다. 가디 사가르라고 하는 인공호수인데 우기 때는 물이 가득 차지만 가뭄이 심할 때는 바닥을 보일 때도 있다고 한다. 우리는 자이살메르 스케치 영상을 만들기 위해 가디 사가르에 갔다가 보트까지 타게 되었다. 한강에서도 오리보트를 타지 않던 내가 사막의 호수에서 페달을 밟아야 나아가는 놀잇배를 탈 줄이야…. 사막 호수에서의 뱃놀이는 뜻밖에 재미가 있었다. 호수에서 보트를 타는 사람은 많지 않았다. 대신 호수 주변에는 어떤 종교의식인지 알 수 없으나, 사람들이 성장을 하고 모여서 의식을 행하고 있었다. 의식이 끝나고, 사람들이 의식에 쓰인 음식을 즐기는 게 눈에 띄었다. 그들은 낯선 외국인들이 사막 호수에서 뱃놀이하는 것이 신기한 모양이었다. 그들 쪽으로 다가가자 우리를 향해 손을 흔들었다. 땡볕이 내리쬐는 사막의 인공호수에서 애써 페달을 돌리며 오리보트를 타는 우리가 우스웠던지 자기네끼리 무슨 말인지를 주고받으며 웃어댔다.

호수에서 시장 쪽으로 이동하는 도중에 우리는 요란하게 악기를 불고 자동차의 클랙슨을 울려대는 한 무리를 만났다. 군용차로 보이는 대형 트럭 위에서 사람들이 춤추고 고함을 지르면서 빨간색 가루를 사방에 뿌려대고 있었다. 트럭을 뒤따르는 행렬 속에서 사람들은 빨간색 가루를 덮어쓴 채 춤을 추거나 경중경중 뛰기도 했다. 가이드

가디 사가르 호수

힌두교 축제. 빨간색 가루를 덮어쓰는 의식을 통해 신을 찾는 사람들

사막 위의 두 남자

청년 싱에게 물어 보니 어떤 힌두신의 축일을 기념하기 위한 축제 행렬이라고 했다. 인도에는 신이 많다. 힌두교의 중요한 3주신主神 브라흐마Brahma, 창조의 신, 시바Shiva, 파괴의 신, 비슈누Vishnu, 유지의 신 외에도 원숭이신, 쥐신, 심지어 여권passport신 등 수많은 신을 섬긴다.

신은 계셔야만 한다

인간은 현실의 삶이 고통스러우면 고통스러울수록 신을 찾게 되는 것일까?

나는 원래 철저한 무신론자였다. 그런데 어느 날 정상을 정복하기 전에 사막으로 추락하면서 삶이 두려워졌다. 의지할 곳이 필요했다. 나 자신의 나약함과 무력함을 처절히 깨닫는 순간 자연스럽게 신을 찾게 되었다. 아니, 불완전한 존재인 인간에게는 신이 꼭 있어야 한다는 생각이 들었다. 이렇게 많은 신을 만들어낸 인도인들도 아마 나와 같은 생각이었을 것이다.

우리의 인생은 우리의 지력知力으로 납득할 수 없는 일들의 연속이다.

도처에서 기막힌 일들이 발생하고, 이성으로나 감성으로나 어이없는 일들이 부지기수로 일어난다. 2,000여 년 전 중국의 역사서《사기》를 쓴 사마천도 악인이 흥하고 선한 사람들이 역경에 빠지곤 하는 세상의 모순을 참 알 수 없다고 했다. 우리가 흔히 '법 없이도 살 사람'이라고 말하는 어진 이들이 시련이 그치지 않는 삶을 살기도 하고, 천하의 나쁜 놈으로 손가락질 받는 사람이 잘 먹고 잘 살기도 한다.

예나 지금이나 인생은 참 알 수 없고, 우리가 심정적으로 도저히 용납하기 어려운 일들이 수없이 일어나고 있다. 우리는 이렇게 설명되지 않는 일들이 일어날 때마다, 이를 받아들일 수 없어 괴로운 것이다. 그래서 그 이유를 다른 데서 찾으려다 보니 마음의 눈을 신에게로 돌리게 된 것이리라.

전생이 있다는 믿음은 현재의 불운을 이해하려는 데서 생겨난 것일지도 모른다. 전생에 저지른 과오나 선행의 결과가 나의 현재라는 인과관계를 만들어냄으로써 고통을 순순히 받아들이게 하는 것도 일종의 심리치료다. 결국 전생에서의 나의 업을 이번 생에서 씻거나, 현재의 고생을 내세에서 보상받을 수 있다고 위로받기 위해서 신을 만들어낸 것이 아닐까. 아무리 노력해도 견디기 어려운 일이 있을 때

불평도 하고, 사정도 해볼 대상이 꼭 필요했을 테니까. 그런 의미에서 척박한 환경과 가혹한 삶의 조건을 수긍해야 하는 사람이 많은 이곳 인도에서는 무수한 신의 탄생이 당연했을 것이다.

파스칼의 유명한 가정이 있다. 우리가 열심히 신을 믿었다고 하자. 한데 죽어 보니 신이 존재하지 않는 허상이었다면? 그러면 우리가 손해 본 것은 살아 있는 동안 일요일에 쉬지도 못하고 교회에 간 것, 가서 헌금을 바친 것 정도가 될 것이다. 반대로 죽어 보니 과연 신이 있어 나를 굽어본다면? 그때는 천상의 평화가 주어질 것이다. 그런데 만약 우리가 신을 믿지 않았다고 해보자. 죽어 보니 역시 신 같은 것은 없었다. 그러면 우리가 얻은 이익이라고는 일요일에 마음대로 놀러 다니고 헌금 안 갖다 바친 것 정도다. 그런데 죽어 보니 웬걸 정말 신이 있다면? 영원토록 지옥에서 헤어 나올 수 없게 될 것이다. 그렇다면 신을 믿는 것이 유리한가, 믿지 않는 것이 유리한가? 어느 쪽이 위험 부담이 작은지 판단해보라는 게 신앙에 대한 파스칼의 제언이었다. 지금의 나는 신의 존재를 믿는다. 아니, 신이라도 있어야 이 힘든 세상을 살아갈 수 있다고 믿는다.

나 역시 젊을 때는 지독한 무신론자였다. 그러나 여러 가지 어려움을 겪으면서 인간이 얼마나 미약한 존재인지를 깨닫게 되었다. 나는 나의 부족함을 깨우쳐주고 채워줄 무엇인가를 찾아 헤맸다. 불교에 귀의해 절에서 스님께 계를 받기도 했다. 그러다 회의가 들 즈음 가톨릭에 입문해 교리공부를 하고 세례를 받기도 했다. 여러 종교를 전전하기는 했지만 정말로 신이 계시다는 것만큼은 인정하고 받아들이게 되었다.

종교라는 주제는 개인적인 체험에 한정되게 마련이어서 짧게 줄이겠지만, 사실 모든 종교의 가르침은 같다고 생각한다. 자신을 내려놓고, 절대자에게 의지하라는 것이다. 독선과 아집을 꺾고 겸손해지라는 것이다. 불교에서 말하는 방하착放下着이니 하심下心이니 하는 것은 결국 자신의 마음을 내려놓으라는 것이다. 기독교에서 말하는 부활은 결국 자기가 죽어야 가능한 일이니, 자기가 죽고 하느님의 사람으로 다시 태어나라는 것이다. 이 역시 자신을 버리는 일일 것이다.

나는 현재 불교 신자라고도, 기독교 신자라고도 할 수 없다. 한 종교를 정해놓고 신앙생활을 하는 건 아니지만, 신은 믿는다. 영민은 독실한 크리스천이다. 함께 온 부인도 마찬가지다. 둘이 틈틈이 마주앉아 두 손 모아 기도하는 모습은 정말 보기 좋다. 그런 믿음이 두 사람이 현재의 어려움을 극복해 나가는 데 큰 도움이 되고 있음에 틀림없다.

종교가 여러 가지 문제를 만들어내서 사람들을 더한 곤경에 빠트리는 것도 사실이다. 이곳 인도에서도 힌두교와 이슬람교의 싸움으로 시끄럽다. 특히 타르 사막은 이슬람 국가인 파키스탄과의 접경지역이라 군용트럭들이 줄지어 이동하는 모습을 심심치 않게 볼 수 있다. 본래 하나였다가 종교 때문에 인도와 파키스탄으로 분리된 두 나라는 아직도 전쟁 중이다. 하지만 그것은 '종교'라는 인간이 만들어놓은 제도의 문제이지, 신의 잘못은 아니지 않은가? 신의 존재를 인정함으로써 우리는 우리의 힘든 삶을 납득하게 되고, 고통의 근원을 스스로 살펴 보게 되고, 견딜 힘을 얻을 수 있을 것이다.

이런저런 생각에 빠진 채 복잡한 축제 행렬을 뒤따르다 우리 일행은 시장 쪽으로 방향을 잡았다. 시장이라고 해봐야 우리네 시골 장터 정도의 자그마한 규모였다. 시장 입구에 제법 현대식으로 지은 2층짜리 건물이 있었다. 우리는 그곳에 있는 옷가게로 들어갔다. 사막에서 입을 편안한 인도 의상을 사기 위해서였다. 싱의 불충분한 통역으로는 간디가 옷을 산 가게라는 것인지, 간디가 입었던 옷을 파는 가게라는 것인지 확실히 알 수는 없었지만 다양한 인도 의상을 파는 가게임에는 분명했다.

옷은 한 벌에 우리 돈으로 5,000원에서 1만 원 정도로 그리 비싸지는 않았지만 상태가 별로 좋지 않았다. 가장 마음에 든 흰색 구르타(치마처럼 길게 내려오는 상의)는 때가 잔뜩 묻어 있었고 아무리 봐도 새것 같지가 않았다. 나는 입던 옷 같으니 더 깎아달라고 했다. 주인은 실크로 만들어졌다고 강조하면서 절대 헌옷이 아니란다. 옷에 묻은 땟자국을 보여줘도 새 옷이라고 우겨대서 나는 결국 포기하고 면 재질의 보라색 구르타와 흰색 파자마(가게에서는 하의를 파자마라고 불렀다)를 한 벌 샀다. 사막에 있는 내내 나는 인도 현지인들처럼 이 옷을 입고 샌들을 신을 것이다.

구경하다 보니 어느새 주위는 어둑어둑해졌다. 가게에서 나와 차가 세워져 있는 곳으로 걸어가는데 동쪽에서 보름달이 떠오르고 있었다. 한국에서는 추석 명절을 지내고 있을 것이다. 주변에 인공조명이 별로 없고 지평선에서 막 떠오르는 달이라 그런지 매우 크고 환했다. 내 평생 이렇게 큰 달은 처음 보는 것 같았다. 먼 이국의 사막 도시에서 맞은 추석 보름달이라선지 더 특별하게만 보였다. 달은 늘 사람을 감상에 젖게 한다. 뜨거웠던 시절보다 따뜻했던 시절을 떠올리게 한다. 사막이라고 해서 어찌 다르겠는가. 잠시였지만 포근한 마음이 들

사막 위의 두 남자

었다.

호텔로 돌아가는 길은 여전히 계속되고 있는 축제 행렬 때문에 차가 많이 막혔다. 신이 부디 이들의 삶에 진정한 위안이 될 수 있길 나도 함께 기원했다.

사막의 달

4

일

차

길이 보이지 않을수록, 길이 없는 듯이 보일수록, 설령 길을 잘 알고 있다는
판단이 섰을지라도 우리는 끊임없이 길을 묻고 또 물어야 한다.
그러지 않으면, 가야 할 길이 맞는지 아닌지
분간하기 어려운 사막에서 또다시 길을 잃고 말 것이므로.

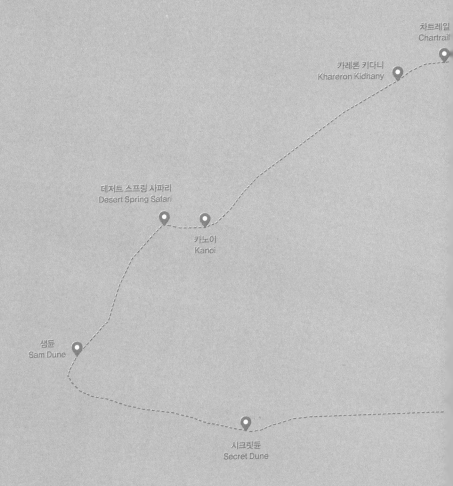

차트레일
Chartrail

카레론 키다니
Khareron Kidhany

데저트 스프링 사파리
Desert Spring Safari

카노이
Kanoi

샘듄
Sam Dune

시크릿듄
Secret Dune

4일 차 이동 경로   출발 호텔

경유 인도 로두르바 Lodurva, India

경유 인도 바라박 Barabagh, India

도착 인도 람쿤다 Ramkunda, India

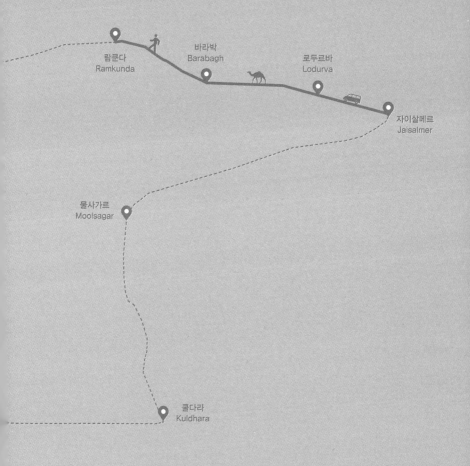

람쿤다
Ramkunda

바라박
Barabagh

로두르바
Lodurva

자이살메르
Jaisalmer

물사가르
Moolsagar

쿨다라
Kuldhara

호텔에서 차로 자이살메르 외곽 로두르바로 가서 그곳에서 낙타를 타고 바라박으로 이동. 바라박은 자이살메르에서 6km 정도 떨어져 있으며, 왕들의 위패를 모신 무덤으로서 우리나라로 치면 종묘쯤 되는 유적지다. 바라박에서 사막 여행이 본격적으로 시작된다.

사막에도 길은 있다

드디어 사막으로 들어가는 날이다.

앞으로 1주일 동안 사막에서 하루 종일 걷고 숙식을 할 것이다. 걱정보다는 기대가 앞선다. 뇌종양으로 왼손과 왼발이 부자유스러운 영민도 기대에 찬 밝은 표정이었다. 나는 사막 여행을 통해 나 자신을 한계까지 밀어붙여볼 작정이었다. 가급적 열악한 환경에 나를 밀어 넣은 뒤 그 곤경을 헤쳐 나오고 싶었기에 챙겨온 짐도 침낭 하나 달랑 들었을 뿐인 배낭이 전부였다. 영민은 큰 가방 2개나 되는 준비물을 챙겨왔다. 제작팀에서는 충분한 물과 비상식량을 꼼꼼히 준비해 놓았다. 나중에 안 일이지만 사막에서 이런 준비는 정말 필요한 것이었다.

내심 고행을 각오했던 터라 그 어떤 불편도 감수할 마음의 준비만큼은 완벽했다. 나는 내 빈약한 준비물을 보며 어떤 경우에도 다른 사람이 준비해온 물품을 이용하지 않기로 단단히 다짐했다. 하지만 사막에서 1주일을 보내는 동안 영민 부부가 준비해온 것들을 빌려 쓸 수밖에 없는 상황이 생기고 말았다. 결과적으로는 내가 무임승차한 꼴이 되었다. 고맙고도 미안한 노릇이었다.

죽은 자들의 정원, 바라박

호텔에서 차를 타고 사막 입구까지 가면 우리를 데려다 줄 낙타와 만나게 될 것이다. 우리의 계획은 사막에서 가능한 한 걷고, 움직임이 자유롭지 않은 영민이 지치면 낙타를 타고 이동하는 것이었다. 물론 우리가 야영할 텐트, 식재료와 취사도구 등을 실은 지원 차량이 뒤따라오기로 되어 있었지만, 기본은 도보와 낙타로만 이동하는 것이었다. 차로 10분쯤 달려 자이살메르 시 외곽으로 나가자, 낙타들이 앉아서 우리를 기다리고 있는 것이 보였다.

낙타는 내가 예상했던 것보다 훨씬 키가 컸다. 약간의 두려움을 안고 낙타 등에 올랐다. 낙타는 바닥에 쭈그리고 앉아 있기 때문에 올라타기가 어렵지는 않았으나 일어날 때는 몸이 앞뒤로 크게 흔들렸다. 먼저 뒷발로 일어서고 다음에 앞발로 일어서는데 다리가 무척 길어서 처음에는 몸이 앞으로, 그다음에는 뒤로 크게 흔들렸다. 낙타를 모는 캐멀 드라이버가 낙타를 타는 요령을 일러주었다. 처음에는 뒤로 몸을 완전히 젖혔다가 낙타가 뒷발로 다 일어서면 몸을 앞으로 최대한 수그리라고 했다. 그의 지시 덕분에 겨우 낙타에 올라타는 데 성공했다.

문제는 영민이었다. 영민은 왼쪽 팔을 조금 들어 올렸다 내리는 게 다였고, 왼발도 지팡이로 겨우 지탱할 정도의 힘을 줄 수 있을 뿐이었다. 혼자 낙타를 타는 것이 도저히 불가능했다. 결국 부인과 같이 타기로 했다. 앞뒤로 크게 흔들리는 두 번의 요동을 거쳐 마침내 영민 부부가 올라탄 낙타가 일어섰다. 낙타는 100m 가까이나 이동했다. 신체 한쪽이 마비된 환자가 낙타를 타고 100m 정도를 움직이는 것이 얼마나 대단한 일인지는 낙타를 직접 타본 사람만이 알 수 있다. 낙타가 그 긴 다리로 걸을 때마다 몸이 좌우로 심하게 흔들리는 데다, 안장도 제대로 갖추어져 있지 않아 손으로 붙잡을 곳도 마땅치

우리가 타던 낙타.
낙타는 무심한 듯 길을 나서고,
사막 위에 아무도 알아주지 않을
발자국을 남긴다

낙타는 콧구멍을 자유롭게 여닫을 수 있다.
사막의 지혜는 멀리 있지 않다

않기 때문이다. 100m쯤 낙타를 타고 가던 영민이 SOS를 보내왔다. 긴 다리로 휘적휘적 걷는 낙타 위에서 도저히 중심을 잡을 수가 없었던 것이다. 어쩔 수 없이 영민은 차를 타고 가기로 했다. 우리는 그렇게 긴 사막 여정의 출발점이 될 바라박으로 이동했다.

바라박Barabagh은 거대한 정원, 또는 거대한 무덤이라는 뜻이다. 오래된 건물들이 죽 늘어서 있고, 옆으로는 작은 오아시스를 끼고 있었다. 건물들은 저마다 왕과 왕비의 위패를 모신 무덤이라고 했다. 규모는 우리의 왕릉보다 작았다. 아마 화장을 해서 유골함을 묻는 힌두교의 매장 풍습 때문인 듯했다. 돌을 정교하게 깎아 세운 건물들은 타지마할을 축소해놓은 듯 매우 ˘아름다웠다. 타지마할이 순백색이라면 사암으로 된 바라박의 무덤들은 황금색을 띠고 있었다. 이 아름답게 빛나는 무덤들은 그러나 슬픈 이야기들을 담고 있다. 죽어 화장을 한 왕을 위해 왕비 또한 산 채로 화장을 했다고 하니 생전의 영화로움이 오히려 비통한 죽음을 재촉한 셈이다. 이곳을 찾는 사람들은 이 무덤의 비극을 어떻게 받아들일까? 아름다움에 가려진 슬픔이 삶의 무상함을 돌아보게 한다. 내가 낙타 위에서 흔들리며 죽은 자들의 정원 바라박에 도착했을 때 차를 타고 이동한 영민이 먼저 와 있

사막 위의 두 남자

었다. 나는 낙타에서 내렸다. 드디어 영민과 함께하는 도보 사막 횡단 여행의 출발선에 섰다. 영민과 내가 큰 소리로 외친 '파이팅!'이 우리의 출발 신호였다.

바라박. 무덤가에는 드문드문 풀이 자라고 있다. 이곳에도 생명이 있다고 알리는 것처럼

나는 걷는 것을 좋아한다. 무엇보다 복잡한 일이 있을 때면 걷기에 나선다. 머릿속을 정리할 셈으로 걷기를 시작하는데, 정작 한두 시간쯤 걷다 보면 머릿속이 정리되는 것이 아니라 아예 아무런 생각이 없게 된다. 소위 무념무상의 경지에 빠지게 되는 것이다. 그래서 나는 해결하기 힘든 일, 정리가 안 되는 복잡한 일이 있을 때면 6시간이고 7시간이고 걷는다. 밤을 꼬박 새워 걸은 적도 있다. 이번 사막 여행에 흔쾌히 동의한 것도 그 때문이다. 물론 갑자기 인생의 사막을 만나 당황하던 차에, 진짜 사막에 가서 살길을 찾아보자는 의미도 있었지만, 일단 무작정 걷는다는 것이 마음에 들었다. 걷고 또 걸으면서 복잡한 머릿속이 말끔히 비워지는 경험을 하고 싶었다.

타르 사막에 들어섰을 때 내 눈앞에 펼쳐진 풍경은 드문드문 모래언덕이 있는 드넓은 모래밭이 아니었다. 그곳은 그저 메마른 땅이었다. 작은 돌들이 굴러다니는 텅 비고 아득히 넓은 황무지였다. 으레 떠올리는 사막보다 오히려 더 황량한 풍광이었다. 정말이지, 나무 한 그루 보이지 않았다. 가끔 마른 대지의 갈라진 작은 틈새로 겨우 올라온 풀들만이 말라비틀어진 채 옆으로 빈약한 줄기를 뻗고 있을 뿐이었다. 그나마 한 달 전 우기, 근래 보기 드물게 충분한 비가 내려 오랜만에 흡족한 물이 공급되었다고 하는데도 땅은 그처럼 바싹 말라 있었다. 아마도 건기가 절정에 이르면 볼품없는 저 풀들마저 남아 있지 않을 것이다.

나는 영민과 보조를 맞춰 느리게 황량한 사막 혹은 광야를 걷기 시작했다. 전방 어디에도 앉아 쉴 만한 그늘은 눈에 들어오지 않았다. 나와 영민은 우리가 회사생활을 할 때 알고 지내던 사람들의 근황을 묻고 대답하며 조금씩 사막으로 걸어 들어갔다. 드물게 승승장구하는 사람들도 있지만 많은 선후배와 동기들이 우리와 비슷한 처지로 내몰려 있어 안타까웠다. 머리 위에 떠 있는 사막의 태양은 뜨거웠다.

영민의 투혼은 대단했다. 아침나절에는 도저히 무리라고 생각했던 낙타 타기를 100여 미터나 해냈고, 오전에는 나와 함께 거의 두 시간 동안 그늘 하나 없는 광야를 쉬지 않고 걸었다.

한참을 걸었을 때 자그마한 돌무더기 동산이 나왔다. 그늘은 없지만 그래도 걸터앉아 쉴 만한 돌들이 있어 그곳에서 잠시 쉬기로 했다. 가까이 다가가 보니 그 돌무더기들은 주검과 관련이 있는 것 같았다. 우리 여행을 돕는 인도 스태프들이 모두 지프로 이동해 버려서 통역도 가이드도 없었기 때문에 그것이 정확히 무엇인지 알 수 없었으나, 우리의 지식을 총동원해 추측해 본 결과 돌을 쌓아 만든 무덤과 묘비가 확실해 보였다.

그 작은 동산은 공동묘지였는지 비슷한 형태의 돌무덤과 각양각색의 묘비들로 가득 차 있었다. 특히 묘비들은 모양과 장식이 제각각이었다. 어떤 것에는 제법 정교한 조각이 새겨져 있는 반면, 어떤 것은 거의 아무 조각이 없이 밋밋했다. 또 어떤 것에는 아주 조악한 조각이 무성의하게 새겨져 있었다. 유족의 경제력에 따라 묘비의 장식이 달라졌으리라.

죽어서도 이렇게 빈부의 차이를 겪는구나 싶어 서글프다가도, 이미 몸은 죽었는데 이런 게 다 무슨 의미가 있을까 싶은 생각이 들었다. 순수하게 조상을 기리려는 의도였든 자신의 부를 과시하려는 의도였든, 죽은 사람은 말이 없다. 어쩌면 무덤과 비석은 살아 있는 사람들을 위한 것일지도 모른다. 결국은 그저 돌무더기에 지나지 않는 것을.

정오가 되었다. 우리는 지원 스태프들과 미리 약속한 장소에 도착했다. 거기서 점심식사를 하기로 되어 있었다. 인도 스태프들이 용케도

영민과 나. 연緣은 돌고 돌아 어떤 순간에 다시 이어지기도 한다

바라박의 돌무덤. 순간의 영화도 스러진다

자그마한 나무를 찾아냈다. 그곳에 매트리스를 깔아 우리의 자리를 마련해 놓고 기다렸다. 한곳에서는 열심히 요리를 하고 있었다. 영민은 체온 조절이 잘 안 되는 듯 얼굴이 붉게 상기되어 있었다. 땀을 많이 흘린 데다, 부자유한 왼손을 약간 떨었다. 걱정스러웠지만 잘 이겨내리라 믿었다.

사막에서의 첫 식사는 아주 만족스러웠다. 아침부터 땡볕에서 오래 걸어서이기도 하거니와, 이국적인 인도 요리가 낯설지 않았다. 서울 시내 고급 식당에서 비싼 돈을 주어야 먹을 수 있는 정통 인도식 카레 두 종류와 인도식 빵인 '난' 그리고 밥알이 다 흩어지는 인도 쌀로 지은 밥이 나왔다. 인도 전문 요리점에 가면 1인당 2만 원은 훌쩍 넘을 그런 메뉴였다. 이런 음식을 사막에서 먹게 되다니.

식사 후에 인도 스태프들은 작은 나무 밑이라도 찾아 들어가 누워 잠을 청했다. 오후 3~4시까지는 아무도 움직이려고 하지 않았다. 사실 움직이려 해도 움직일 수가 없었다. 9월 하순이었음에도 불구하고 한낮의 기온이 섭씨 40도까지 올라가는 날씨여서 도저히 움직일 수가 없었다. 우리도 할 수 없이 매트리스 위에 누워 쉬기로 했다.

사막 위의 두 남자

우리를 태우려고 왔으나, 결국 아무도 태우지 못한 낙타들이 눈에 들어왔다.

캐멀 드라이버들은 낙타의 앞발을 짧은 밧줄로 묶어놓는다. 이렇게 하면 낙타들이 뛰지 못하고 종종걸음으로밖에 이동할 수 없다. 발이 묶여 그런지, 아니면 충성심이 있어 그런지 낙타들은 그렇게 돌아다니며 마른 잎을 찾아 먹으면서도 캠프에서 멀리 벗어나지 않았다. 잠시 후에는 낙타들도 하나둘 캠프 근처의 나무 그늘에 무릎을 꿇고 앉아 휴식을 취했다.

우리도 어쩌면 월급이라는 짧은 밧줄에 앞발이 묶여 있었던 것인지도 모른다는 생각이 스쳤다. 밧줄을 풀거나 끊고 드넓은 세상으로 나가지 못하고 조금의 마른 잎이나마 더 얻어먹으려고 그저 순응하며 우리를 억압하는 상황 주위를 맴돌고 있었던 것은 아닌지.

가끔 이런 생각이 들 때면 지금까지 달려온 시간이 무의미하게 느껴지기도 한다. 그러나 그 시간들은 그 시간 나름의 의미가 있을 것이다. 밥벌이의 문제가 어디 그렇게 간단한가. 단지 여유가 없어 시야가 좁았을 뿐이겠지.

마침내 중천의 해가 서쪽으로 조금 자리를 옮기자 인도 스태프들이 먼저 일어나 자리를 정리하기 시작했다. 우리도 사막에서의 첫 밤을 보낼 야영지로 출발할 준비를 했다.

첫날부터 너무 무리하지 말자고 해 영민은 지프로 이동하고 나는 낙타를 타고 가기로 했다. 2~3시간이면 야영지에 도착할 터였다. 나는 아침에 잠깐 탔던 낙타에 다시 올랐다. 낙타의 등은 말의 등보다 좁은데다가 안장이 제대로 갖춰져 있지 않아 앉아 있는 것조차 불편했다. 게다가 낙타의 다리는 아주 긴 편이라 한 걸음 옮길 때마다 전후좌우로 휘청휘청 흔들려 중심을 잡기가 여간 어렵지 않았다. 그래도 오전에 잠깐 타봤다고 곧 익숙해져서 그런 대로 견딜 만해졌다. 낙타의 키는 보기보다 상당히 커서 올라앉아 있으면 2층버스에 타고 있는 듯 전망이 좋았다.

영민과 스태프들 그리고 장비를 실은 차가 먼저 출발하고 그다음에 낙타 무리가 움직였다. 차량은 도로를 따라 멀리 돌아가야 하지만, 우리 낙타 일행은 사막을 가로질러 야영지인 람쿤다로 갈 계획이었다. 아직 본격적인 모래언덕들로 이루어진 사막은 나타나지 않았다. 듬성듬성 키 낮은 관목 몇 그루가 보이고, 햇볕과 바람에 잘게 부서진 돌멩이들이 쩍쩍 갈라진 검고 딱딱한 땅 위를 굴러다녔다. 나는 낙타 등에 높직이 올라앉아 그 모든 풍경을 눈에, 머리에 새겼다. 멀리 지평선 끝에 풍력 발전을 위해 세워놓은 흰색 풍차의 높고 큰 바람개비 외에는 딱히 주목할 만한 지형지물이 없었다. 땅바닥이 단단해 앞서 간 사람들의 발자국도 남아 있지 않았다. 낙타몰이꾼들이 제대로 가고 있는지조차 알 수 없었다.

우리 일행을 위해 준비된 낙타는 모두 6마리였는데 캐멀 드라이버는 2명이었다. 이 두 캐멀 드라이버는 가끔씩 낙타들을 세우고 뭔가 이야기를 하며 상의하곤 했다. 무슨 말인지는 알 수 없었으나, 손을 뻗어 어느 장소를 가리키기도 하고, 손을 흔들어 아니라고 하는 것으로 보아, 길을 의논하는 것 같았다. 우리의 눈에는 도무지 길이라고는 없어 보이는 곳이었지만, 어쨌든 그들에게는 길이 있을 터였다.

자주는 아니지만 우리는 이따금 양떼를 모는 어린 목동, 무언가를 낙타 등에 싣고 이동하는 노인을 만날 수 있었다. 두 캐멀 드라이버는 상대의 나이가 많든 어리든 그때마다 반드시 불러 세워 또 길에 대해 이야기를 나누곤 했다. 하도 자주 길을 묻곤 해서 혹시 이 둘도 초행이 아닐까 하는 의심마저 들었다. 그러다 나중에는 멀리서 사람의 그림자가 어른거리기만 해도 이들이 또 저들을 붙잡고 한참 동안 이야기를 나누려니 생각하게 되었다. 이들은 사막을 횡단하는 내내 간혹 만나는 사람 모두에게 길을 물어봤다. 100% 그랬다. 결코 그냥 지나치는 법이 없었다.

우리가 사막이라고 생각하는 곳에도 길은 있게 마련이다. 그 길에는 아무런 표지판이 없다. 우리가 평소 알던 길과는 사뭇 다르다. 사막을 건너는 캐멀 드라이버들은 설사 아는 길이라고 하더라도 방심하지 않는다. 그 길을 오가는 다른 사람들을 만나면 그 길에 대해 신중하게 의견을 교환한다.

길을 묻고 또 묻는 것. 그들이 사막에서 길을 잃지 않는 법이다. 산 정상을 향하던 중에 자의로 또는 타의로 산을 내려와 사막과도 같은 현실로 쫓겨난 우리도 마찬가지일 것이다. 어디로 가야 할지 막막하지만, 분명 그곳에도 길은 있을 것이다. 우리는 만나는 모든 사람에게 그 길을 물어야 한다. 길이 보이지 않을수록, 길이 없는 듯이 보일수록, 설령 길을 잘 알고 있다는 판단이 섰을지라도 우리는 끊임없이 길을 묻고 또 물어야 한다. 그러지 않으면, 가야 할 길이 맞는지 아닌지 분간하기 어려운 상황과 마주했을 때 또다시 길을 잃고 말 것이므로.

사막 위를 걷는 일행.
캐멀 드라이버들은 길을 묻고 또 물었다.
어쩌면 우리 삶도 그렇게 살아야 하는 게 아닐까

그렇게 보이지 않는 길을 찾아 3시간쯤 낙타를 타고 이동한 끝에 일행들이 먼저 자리 잡고 있는 야영지에 도착했다. 야영지에는 작은 텐트가 몇 동 쳐져 있고, 간이 화장실도 설치되어 있었다. 그러나 화장실은 너무 답답해서 한번 살펴본 후 다시는 이용하지 않았다. 사방이 천연 화장실이나 다름없었다.

나는 정 급하면 적당한 곳을 찾아 볼일을 해결하곤 했다. 저녁 메뉴는 점심때와 같았다. 아직은 먹을 만했다. 세수를 따로 할 형편이 안 돼 영민 부인이 챙겨온 물휴지를 쓸 수밖에 없었다. 땡볕에 화상을 입을까 봐 출발 전에 얼굴에 바른 선크림을 물휴지로 꼼꼼히 닦아 냈다.

저녁밥도 먹었겠다, 날이 어두운데 할 일도 마땅치 않겠다, 별수 없이 텐트로 들어갔다. 텐트는 별로였다. 고약한 냄새가 나고, 좁아서 숨이 막혔다. 나는 침낭을 가지고 도로 밖으로 나왔다. 인도 스태프들이 깔아놓은 매트리스 위에서 자는 게 낫겠다 싶었다. 나는 구르타와 파자마를 입은 채 그대로 침낭 속으로 들어갔다. 침낭 안에서 하늘을 지붕 삼아 누워 있자니, 추석 다음 날이라 하늘에는 아직도 둥근 달이 떠 있었다. 달이 얼마나 환한지 가로등을 켜 놓은 것 같았다.

옛사람들이 달빛에 책을 읽었다는 말이 이해가 될 정도였다. 하늘에 휘영청 뜬 열엿샛날 달이 너무 밝고 환해 쉽사리 잠들지 못할 것 같았는데, 사막에서의 첫날 여독 때문인지 어느새 잠이 들어버렸다.

낙타와 사막의 저녁

5
일
차

인생에서 어려움을 완전히 없애는 방법은 없다.

사는 것은 문제 해결의 연속이다. 한 문제를 해결하면 다음 문제가 또 생긴다.

우리는 그저 끊임없이 문제를 해결해 가는 것일 뿐.

차트레일
Chartrail

카레론 키다니
Khareron Kidhany

데저트 스프링 사파리
Desert Spring Safari

카노이
Kanoi

샘듄
Sam Dune

시크릿듄
Secret Dune

5일 차 이동 경로　출발 인도 람쿤다 Ramkunda, India

　　　　　　　　　　경유 인도 차트레일 Chatraill, India

　　　　　　　　　　도착 인도 카레론 키다니 Khareron Kidhany, India

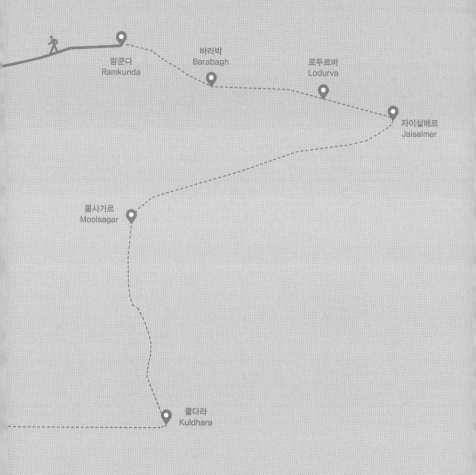

람쿤다
Ramkunda

바라박
Barabagh

로두르바
Lodurva

자이살메르
Jaisalmer

물사가르
Moolsagar

쿨다라
Kuldhara

4일 차에 야영한 람쿤다에서 서쪽으로 사막 깊숙이 들어가 차트레일까지 이동한다. 차트레일은 자그마한 마을이다. 사막에서는 그나마 자그마한 마을이라고 할 만한 거주지가 있어야 지명을 얻지, 마을이 없는 곳은 마땅한 지명도 없다. 그냥 '사막'이다.

한 점의 그늘

서울에서는 새벽녘에 꼭 한두 번 잠을 깨 뒤척이다 다시 잠들곤 했는데, 사막에서의 첫 밤은 중간에 한 번도 깨지 않고 아침까지 푹 잤다. 어제 일찍 잠에 들어서 그런지 알람이 시끄럽게 울린 것도 아닌데, 환하게 터오는 여명에 잠을 깼다. 밤새 보초를 서던 군대생활 경험으로 미루어볼 때, BMNT^{Beginning Morning Nautical Twilight}를 막 지난 것처럼 보였다. BMNT는 지구가 둥글기 때문에 지평선에서 해가 떠오르기 전부터 먼동이 희붐하게 밝아오는 시간을 이른다. 밤새 보초를 서는 군인들에게는 초소에서 철수하는 시간의 기준이 되기 때문에 반드시 기억해야 하는 중요한 시간이다. 나는 일출 48분 전이라고 배웠는데, 대충 해뜨기 전 30분 정도로 통용되는 것 같다. BMNT를 지난 지 얼마 안 되었다면 곧 해가 뜰 것이었다.

나는 사막의 지평선 위에서 뜨는 해도 볼 겸 볼일도 볼 겸 휴지를 챙겨 캠프에서 가급적 멀리 떨어진 작은 모래언덕을 찾아갔다. 어제 잠시 살펴본 캠프 내 임시 화장실은 너무 좁고 답답해 도저히 사용할 수 없을 것 같았다. 작은 모래언덕에 구덩이를 파고 동쪽을 향해 쭈그리고 앉자 몸을 겨우 가릴 수 있었다. 그곳에서 떠오르는 해를 보면서 볼일을 봤다. 마치 해가 질 때처럼 붉게 솟아오르는 태양을 보며 볼일을 보는 기분이란 정말이지 말로 다 표현할 수 없다. 사막에서 보낸 1주일 동안 나는 일출을 볼 수 있는, 내 생애 최고의 화장실을 매일 경험했다.

지나간 일은 지나간 일이다

사막에서의 아침식사로는 어디에 구웠는지 가장자리가 살짝 탄 토스트와 딸기잼이 나왔다. 그리고 '짜이'라고 하는 인도식 차와 바나나가 곁들여 나왔다. 모랫바닥에 앉아 토스트에 딸기잼을 발라 먹고 있

사막에서의 일출.
아침이면 영민과 나는 떠오르는 해를
한참 바라보았다

사막 위의 두 남자

는데 갑자기 예전에 들은 이야기가 생각났다. 그 순간에 뜬금없이 왜 그 이야기가 생각났는지는 나도 모르겠다.

어떤 어머니가 먼저 간 자식을 묻고 온 다음 날 아침에 일어나서 아침밥을 먹다가 갑자기 자식을 잃었는데 그래도 밥이 목구멍으로 넘어가는 것이 서러워 목메게 울었다는 이야기다. 부모님이 돌아가시는 것을 하늘이 무너진다고 해 '천붕天崩'이라고 한다. 자식을 앞서 보내는 것은 그보다 몇 갑절 더 가슴이 미어진다고 하니, 하늘이 아니라 온 우주가 무너져 내린 것 같은 심정이었으리라. 그런 어머니가, 그럼에도 불구하고 살겠다는 본능으로 아침밥을 꾸역꾸역 먹고 있는 자신을 발견했으니….

그러나 어쩌겠는가. 지나간 일은 지나간 일이다. 이미 가버린 사람은 간 사람이고 남은 사람은 삶을 지속해야 한다. 자식을 먼저 보낸 어머니의 상황과는 비교도 안 되겠지만, 나 역시 가진 것 모두를 허망하게 내놓아야 했을 때, 내가 발 디디고 서 있는 땅이 송두리째 꺼져 없어지는 것 같은 느낌을 받았다. 그때 나는 아침밥은커녕 며칠간 식욕이 전혀 없어 열 끼를 연속해서 굶었다. 열한 번째 끼니때가 되자 별안간 허기가 몰려왔다. 나는 당시 우리 회사에서 국장으로 재직하고 있던 이번 다큐의 기획자이자 연출자인 이 PD를 불러 함께 장어구이를 허겁지겁 먹었다.

힘든 일을 당한 사람에게 우리는 이렇게 위로하곤 한다.

"뭐라도 먹고 기운을 차리세요. 그래도 산 사람은 살아야 하잖아요."

맞는 말이다. 하늘이 무너졌을 때일수록, 땅이 꺼졌을 때일수록 뭐라도 먹고 기운을 차려야 한다.

사막에 들어온 지 하루가 지났을 뿐인데 복잡하던 머릿속이 점점 비어가는 느낌이 들었다. 아침을 먹고 다시금 영민과 사막을 걷기 시작했다. 다행히 영민은 어제보다 컨디션이 좋아 보였다. 아침에 길을 떠날 때 우리의 첫 야영지 주변을 둘러보니, 볼품없이 작은 식물들의 마른 이파리에 이슬방울이 맺혀 있었다. 아! 이들은 이렇게 생명을 이어가고 있었구나. 비가 내리지 않는 사막에도 밤과 낮의 일교차로 맺힌 작은 이슬로 이 척박한 땅의 생명들은 겨우 연명을 하고 있었던 것이다.

오전 10시도 안 됐는데 벌써 지열이 올라오고 있었다. 나는 영민에게 절대 무리하지 말라고 거듭 당부했다. 그는 끄떡없다며 자신했지만, 벌써 얼굴이 벌겋게 달아오르고 땀을 많이 흘리고 있었다. 자꾸 쉬라

사막 위의 두 남자

고 하는 것도 듣기 좋지만은 않을 듯해 나는 속으로 염려하며 입을 다물었다.

어쨌거나 건강하지 않은 몸으로 투지를 보여주는 동기가 고마웠다. 그의 삶에 대한 강한 의지는 이 척박한 사막에서 스스로 머금은 몇 방울 아침 이슬로도 꿋꿋이 살아가는 식물들만큼이나 듬직하고 대견스러웠다. 기온은 자꾸 올라갔다. 영민은 점점 지쳐갔다. 사방은 황량한 광야로 마땅히 쉴 곳이 없었다. 수목 울창한 산길이라면 아무 나무 그루터기에서라도 잠시 쉬어갈 수 있을 텐데, 이 메마른 사막에서는 엉덩이 붙일 만한 그늘 한 조각도 찾기 어려웠다.

한 시간 남짓 걸었을까, 드디어 손바닥만 한 그늘을 발견했다. 날카로운 가시가 빽빽이 박혀 있어 가까이 다가갈 수 없는 가시나무였다. 잎사귀도 거의 없어 나무가 만드는 그늘이라고는 그야말로 한 조각에 불과했다. 그 그늘에 몸 전체를 의탁할 수 없었지만 머리라도 들이밀고 잠시 앉아 쉴 수 있다는 것이 고마웠다. 사막은 기온이 매우 높지만 습기가 거의 없어서 작은 그늘에만 들어가도 계절이 바뀐 느낌이었다. 그래서 이곳 사람들은 소매가 짧은 옷보다 소매가 긴 얇은 옷을 선호한다. 직사광선을 피하고 더위를 피하는 데 오히려 유리하기 때문이다. 그늘에서 몸의 열기를 식히고 있자니 문득 지나온 시간들이 파노라마처럼 펼쳐졌다. 돌이켜 보면, 나는 지쳐 쓰러지기 직전의 고비 때마다 항상 숨을 고를 수 있는 한 조각 그늘을 만났던 것 같다. 그런 점에서 참으로 운이 좋았다는 생각까지 들었다.

어느 날 쾌적한 산에서 내려와 사막처럼 거친 현실에서 홀로 서성일 때 내 한 몸 널 만한 큰 나무 그늘은 아닐지라도, 이곳저곳에서 작은 그늘들이 내게 쉴 장소를 제공해 주었다. 그것은 때로는 한 끼의 식사였고, 한 마디 짧은 위로의 말이었고, 함께 걱정해주는 마음이었다. 그런 작은 그늘들이 황막한 현실을 헤쳐 나아가는 데 작지만 커다란 휴식이 되었다. 숨이 턱턱 차오를 만큼 힘들 때마다 조금만 더 지나면 분명히 작은 그늘이 나오리라는 믿음은 나에게 계속 사막을 지나올 용기를 주었다. 나의 그늘이 작다고 부끄러워하지 말고, 인생의 사막을 지나는 다른 사람들에게 작으나마 휴식의 공간을 제공해야겠다는 생각을 했다.

사막에도 작은 그늘이 있는데, 우리가 사는 사회는 점점 그늘이 사라지고 있다는 생각이 든다. 무조건 비용을 절감하라 다그치고, 인건비를 줄이려는 목적으로 직원을 해고한다. 경영 효과 및 효율의 극대화 명목으로 회사를 쪼개거나 외주, 하청을 준다. 나는 사실 그렇게 비용을 줄여서 이익을 창출하는 것이 과연 누구를 위한 일인지 잘 모르겠다. 살면서 숨쉴 구멍 하나는 있어야 하고, 몸을 맡기고 쉴 수 있는 그늘 한 뼘은 있어야 한다. 그런데 지금 우리 사회는 점점 더 사막화되고 있다.

사막에도 한 점 그늘은 있다

오래전에 읽어서 기억이 가물가물하지만, 영국의 사상가 존 러스킨은 그의 책《나중에 온 이 사람에게도Unto this Last》의 서문에서 아주재미있는 말을 한다(《나중에 온 이 사람에게도》는《성경》에 나오는 사건을 제목으로 한 책이다). 그 내용은 이렇다.

어느 날 포도농장 주인이 일꾼들을 사서 일을 시켰다. 어떤 사람은아침부터 와서 일하고, 또 어떤 사람은 점심부터 일을 하고, 또 어떤사람(맨 나중에 온 사람)은 늦게 와서 불과 몇 시간 일을 했다. 그런데포도농장 주인은 이들 세 사람에게 모두 똑같은 일당을 주었다. 도대체 그 포도농장 주인은 왜 일한 만큼 임금을 주지 않고 그렇게 했는지, 그리고 예수는 왜 제자들에게 이 우화를 들려주었는지는 나중에생각해 보기로 하고, 여기서는 우선 러스킨의 말을 인용하려고 한다.

러스킨은 책에서 그 무렵 막 탄생해 유행하던 경제학(책에는 정치경제학이라고 되어 있다. 당시는 정치학과 경제학을 딱히 분리하지 않고 정치경제학이라고 통칭했던 모양이다)을 매우 웃기는 학문이라며 혹평했다.이유인즉, 경제학에는 가장 중요한 부분, 즉 사람이 빠져 있다는 것이다. 마치 체조와 관련한 책을 쓰면서 사람의 뼈나 인대, 근육을 전혀 고려하지 않은 것과 마찬가지라고 했다. 사람 몸을 완전히 원형으로 둥글게 말거나, 머리를 180도 뒤로 향하게 하거나, 요상한 모습으로 뒤틀 수도 있게 되어 있는 체조 책은 엉터리일 수밖에 없다. 당시의 경제학이 그렇다는 게 러스킨의 입장이다.

러스킨은 경제학 이론대로라면 며칠 굶은 힘센 사람과 약한 사람에게 똑같이 먹을 것이 생기면 힘센 사람이 그것을 먹겠으나, 그 힘센 사람이 아빠고 약한 사람이 아들이면 누가 그 음식을 먹게 되겠느냐고 묻는다. 사람을 고려하지 않은 경제학은 순 엉터리라는 것이다. 물론 요즘의 경제학은 러스킨 시대보다 많이 발전해 이런 모순을 보완하는 연구를 많이 했을 것이다. 그러나 여전히 우리 주변에서 일어나는 일들은 이해가 잘 안 간다. 비용 절감도 좋고 이윤 창출도 좋지만 도대체 누구를 위한 절감이고 누구를 위한 이윤 창출이란 말인가? 예를 들어 보자. 주택가나 기존의 영세한 상업지구에 대형 마트가 들어서면 누가 가장 이익을 볼까? 동일한 상품을 5% 싸게 사면 겉으로는 소비자가 이익을 얻는 것처럼 비친다. 5%의 가격인하로 소비자가 얻는 이익이라고 해봐야 고작 500원, 1,000원이겠지만, 대형마트 사장의 이익은 엄청날 것이고, 자본력이 취약한 동네 슈퍼 사장은 머잖아 파산하고 말 것이다. 누군가의 이익이 다른 누군가의 생존을 위협하는 문제가 발생하는 것이다.

지하철 요금 100원, 200원 때문에 지하철 관련 노동자들은 과로에 시달리고, 중요한 안전 관리 업무는 헐값에 용역 회사에 위탁된다. 이런 식으로 비용을 아끼고 자동화 시스템을 도입해서 오래 일하던 사람을 자른다고 하면, 도대체 거기서 생기는 이익은 다 누구한테 가는 것일까? 자본주의 사회의 가장 큰 문제는 '빈부의 격차'가 아니라 '부의 불평등한 분배'에 있다고 생각한다. 많은 사람이 나눠 가지던 이익이 결국은 한군데로 집중돼서, 대중은 점점 더 가난해지고 소수는 더욱더 부자가 되는 악순환에 빠지게 되는 것. 게다가 이제는 사람이 기계와 경쟁해야 하는 시대다.

과연 중요한 것은 돈일까? 사람일까? 돈을 좀 적게 벌더라도 많은 사람이 함께 살아갈 수 있도록 하는 것이 더 좋은 것이 아닐까? 이렇게 소수가 많은 돈을 벌겠다고 다수를 죽이는 것은 문제가 있다. 결과적으로 돈을 많이 벌고 싶어 하는 그 소수에게도 심각한 문제로 돌아올 것이다. 돈을 벌려면 제품이나 서비스를 팔아야 하는데, 다수가 죽으면, 그들이 더 이상 무엇인가를 구매할 능력이 없어지면, 그때는 어떻게 무엇으로 돈을 벌 것인가? 정말로 '뭣이 중헌지' 생각해 보아야 한다. 산 주인은 점점 부자가 되는데, 이제 산에 있는 사람들조차 마땅히 쉴 나무들이 없어지고 있는 것이다.

손바닥만 한 그늘에서 잠시 휴식을 취하고 일어섰다. 한때 울창했던 나무가 베어져 나가고 이마의 땀을 식혀 주던 그늘이 점점 사라져가는 산을 생각하니 기분이 착잡했다.

그대로 살아 있으라

우리는 다시 태양이 내리쬐는 사막을 걷기 시작했다. 영민과 이런저런 대화를 나누기도 하고, 각자 잠깐씩 자기만의 상념에 빠지기도 했다. 그러다가 불현듯 행복이란 무엇일까 하는 데서 생각이 맴돌았다. 우리는 모두 행복을 바란다. 그런데 과연 행복은 추구할 수 있는 대상인가? 행복을 바랄 수는 있겠지만 행복을 추구할 수는 없을 듯했다. 왜냐하면 행복은 우리 삶의 목적이 아니라, 살아가는 과정에서 얻게 되는 선물과 같은 것이기 때문이다. 행복이 우리 삶의 목적지라면, 우리는 그 목적지에 도달할 때까지 행복을 유예해야만 한다. 아직 행복에 '도달'하지 못했기 때문이다. 그곳에 도달하기 위해서는 그곳에 다다르기 위한 과정을 거쳐야 한다. 다시 말해, 우리의 삶은 참고 견디는 도정에 불과한 것이 된다는 말이다.

아침 이슬로 연명하는 사막의 식물들을 보면서, 생물의 존재 이유는 행복 추구가 아니라 그저 '삶', '생명', '살아 있음' 그 자체가 아닌가 생각해 본다. 우리에게 주어진 정언 명령은 살아 있으라는 것이다. 그것이 바로 생명生命이다. 한자로도 살 '生', 명할 '命'이 아닌가. 물론 이왕이면 그 삶이 행복했으면 하고 바랄 수는 있겠지만, 우리의 목표가 행복이 될 수는 없지 않을까? 우리는 그저 하루하루를 살아내야 한다. 죽은 자식은 마음에 묻고 꾸역꾸역 아침밥을 넘기는 어머니처럼. 그렇게 살아가다 보면 때로는 행복이 찾아오지 않을까?

메마른 땅. 척박한 인생이지만 천천히 걷다 보면 언젠가는 바라던 삶을 살겠지

사막 위의 두 남자

행복은 목적지에 도달해 쟁취하는 최종 목표가 아니라, 묵묵히 삶을 살아가는 과정에서 간혹 우리 곁을 찾아오는 부수적인 산물이 아닐까 하는 생각을 했다.

우리는 점심 때 사막 오아시스 마을 차트레일에 있는 인도의 한 가정집을 방문했다. 나보다 어린 49세의 사막 가이드 대장이 우리를 자신의 집으로 초대한 것이다. 집에는 그의 딸과, 그 딸이 낳은 아이가 함께 있었다. 그는 이미 손자를 둔 할아버지였다. 큰아이가 아직 고등학생인 나는 그가 부러웠다.

우리 사회는 너무 늦다. 늦게 시작하고 일찍 끝나니 사는 것이 힘든 것이다. 서른이 넘어야 겨우 취직하고 결혼하는데, 또 50이 되기 전에 대부분 직장생활에서 밀려나니 얼마나 힘들겠는가? 이 인도 친구도 이런저런 문제가 많을 것이다. 관광객을 상대하는 가이드 일의 제일 밑바닥부터 시작해서 지금은 운전사와 요리사, 캐멀 드라이버로 이루어진 한 팀을 운영하는 가이드 대장이 되었지만 아직도 이런저런 어려움이 많다고 한다.

어차피 인생에서 어려움을 완전히 없애는 방법은 없다. 사는 것은 문제 해결의 연속이다. 한 문제를 해결하면 다음 문제가 또 생긴다. 우리는 그저 끊임없이 문제를 해결해 가는 것일 뿐. 죽음만이 우리를 문제 해결에서 영원히 해방시켜줄 수 있을 것이다.

점심을 먹고 인도 스태프들은 모두 작은 나무 그늘이라도 찾아가 누웠다. 나도 누워서 쉬었다. 그러는 도중에 우연히 옆 나무 그늘에 누워 있던 영민 부부의 기도를 듣게 되었다. 그들의 오랜 기도는 아픈 자기 자신에서 시작해서 점점 주위의 다른 사람에게로 옮겨가고 있었다. 그들이 소홀히 했던 다른 이들의 삶에 대해 병을 얻어 고통을 당하고서야 비로소 관심을 가지게 되었음을 반성하고, 그들을 위한 기도를 드리고 있었다. 영민은 병을 얻고 처음에는 하나님을 원망했다고 한다. 왜 나에게 이런 일이 일어났습니까? 그리고 분노했다고 한다. 나 역시 마찬가지였다. 분노 그리고 체념. 그러나 이제 그는 감사하고 있었다. 무엇이 감사한지 나로서는 아직 알지 못하겠으나, 그는 매사에 감사하고, 오히려 다른 이에게로 관심을 확장해 나가고 있었다. 불행을 감사함으로 바꿀 수 있다는 것은 그야말로 종교가 가진 놀라운 힘이다.

세상에는 그것을 악용하는 나쁜 종교인도 더러 있지만, 우리의 삶에서 의미를 찾아주고 살아갈 이유와 동기를 부여하며, 무엇보다 함께 고민해주는 것만으로도 종교와 종교인의 존재 이유가 충분한 것 같다. 함께 문제를 해결하고 살아나가는 것이 인생일 터이니.

그날 오후 영민을 먼저 차에 태워 보내고 나 혼자 사막을 걸으면서 내내 이런저런 생각에 잠겼다.

사막의 노을

6

일

차

내가 길을 잃었다는 현실을 비로소 인정하게 된 건

인생의 사막으로 밀려나고도 한참이 지나서였다.

처음에는 길을 잃은 것이 아니라고, 걱정할 것이 없다고 태연한 척했다.

상당한 시간이 지나서야

정말로 길을 잃어버렸다는 사실을 깨닫고는 얼마나 당황했던가.

차트레일
Chartrail

카레론 키다니
Khareron Kidhany

데저트 스프링 사파리
Desert Spring Safari

카노이
Kanoi

샘듄
Sam Dune

시크릿듄
Secret Dune

6일 차 이동 경로 출발 인도 키다니 Khareron Kidhany, India

경유 인도 카노이 Kanoi, India

도착 인도 데저트 스프링 사파리 Desert Spring Safari, India

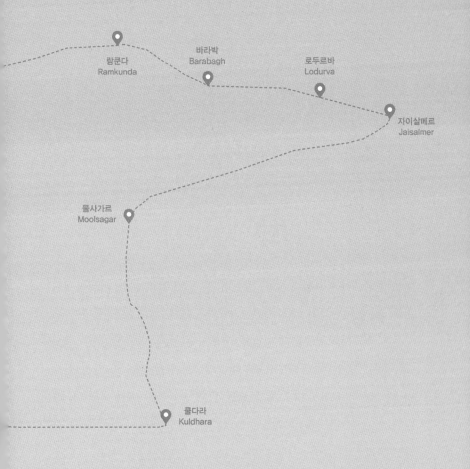

람쿤다
Ramkunda

바라박
Barabagh

로두르바
Lodurva

자이살메르
Jaisalmer

물사가르
Moolsagar

쿨다라
Kuldhara

차트레일에서 다시 방향을 남서쪽으로 바꿔서 카노이라는 제법 큰 마을을
통과한 후, 관광객들을 위한 텐트가 마련돼 있는 데저트 스프링 사파리까
지 걸어서 이동했다.

카노이가 큰 마을이라고 했지만, 우리나라 소읍보다도 훨씬 작았다. 다만 이
곳에는 학교가 있어서 제법 큰 마을 같다는 인상이 들었다.

길을 잃다

어느덧 사막에서 3일째 날이 밝았다. 나는 출발 때부터 되도록이면 모든 일정을 걸어서 소화하려고 애썼다. 아침 출발은 영민과 함께 도보로 했다. 몸 왼쪽이 부자유스러운 영민은 체온을 조절하는 데도 애를 먹고 있었다. 그래도 사막 횡단의 일부분이라도 꼭 자기 힘으로 해내겠다는 의지가 강해서 오전에 꽤 오랫동안 함께 걸었다. 하지만 역시 오랜 시간 걷기에는 무리가 있어서, 두세 시간 정도가 한계였다.

나는 영민과 헤어져서도 가급적 도보를 고집했다. 일정이 촉박해 다음 야영지까지 빨리 이동해야 할 때 한두 번 낙타를 탄 것을 제외하고는 계속 걸어서 이동했다.

문제는 길이었다. 사막에도 틀림없이 길이 있기는 한데, 나로서는 도저히 그 길을 알 수가 없었다. 캐멀 드라이버가 낙타를 끌고 나보다 50m 정도를 앞서서 걸어가면, 나는 그들의 행렬을 보며 방향을 잡았다. 때로 내가 뒤처지면 그들은 저만치 앞에서 나를 기다렸다. 그러다 사막에서의 셋째 날, 나는 그만 낙타 일행을 놓치고 말았다.

일행을 놓치다

나는 가시나무 덤불 아래에서 잠시 휴식을 취하고 있었다. 작은 그늘도 자주 나오는 것이 아니라서, 그늘이 있으면 잠깐이라도 쉬면서 물도 마시고 하는 것이 좋다. 그래서 늘 하던 대로 쉬면서 가슴에 꽂고 다니던 메모지에 이런저런 생각도 적고 하다가 자리를 털고 일어났는데, 일행이 보이지 않았다. 큰소리로 몇 번인가 캐멀 드라이버 중 내가 이름을 알고 있던 라듀를 불러 보았지만 아무런 대답도 들을 수 없었다. 처음에는 크게 걱정하지 않았다. 당장은 보이지 않지만 500~600m 앞에 있는 작은 언덕에 오르면 쉽게 찾을 수 있을 것이라고 생각했다.

사실 인생의 산에서 처음 사막으로 내려왔을 때도 그랬다. 조금 가다 보면 길을 쉽게 찾을 것이라는 막연한 기대감 같은 것이 있었다. 곧 새로운 산을 발견하고 그곳에 오를 것이라는 자신감도 있었다. 내가 산길을 완전히 잃고 정말 막막한 사막에 서 있구나 하고 깨달은 것은 한참 후였다.

처음에는 크게 당황하지 않고 자신 있게 길을 찾아 나섰다. 얼마 지나지 않아 약간의 물기가 남아 있는 낙타 똥을 발견했다. 낙타는 걸어가면서도 계속 똥을 싼다. 처음에는 앞서 가고 있는 낙타의 꽁무니에서 떨어지는 똥을 볼 때 더럽다는 생각이 들었다. 그런데 길을 잃은 상황에서 낙타의 똥을 발견하니 무척이나 반가웠다. 평소에 쓸모없어 무시하던 것을 예상치 않은 상황에서 생각지도 않게 요긴하게 쓰게 된 경험이 누구에게나 한 번쯤 있으리라.

똥의 형태나 축축한 정도 그리고 간격 등으로 볼 때 우리 일행의 낙타가 틀림없었다. 나는 금세 일행을 뒤쫓을 수 있으리라는 희망을 가지고 작은 언덕을 향해 빠르게 걸어갔다. 마침 우리 일행이 걸어갔을 것이라고 추정하는 방향에서 어떤 노인이 걸어오고 있었다. 그에게 물어보면 낙타가 있는 곳을 알 수 있으리라. 마침내 그와 가까워졌다. 나는 몸짓 언어로 노인에게 낙타 6마리와 캐멀 드라이버 2명을 보지 못했느냐고 물었다. 그에게서 보지 못했다는 대답이 돌아왔다. 순간 머릿속이 텅 비었다. 분명 그 방향으로 갔을 텐데, 한두 마리도 아니고 무려 6마리나 되는 낙타를 보지 못했다니….

나는 일단 코스를 수정했다. 방향을 오른쪽으로 조금 바꿔 일대에서 가장 높은 언덕에 오르기로 했다. 좀 멀리 돌아가는 길이었지만, 일행을 찾으려면 넓은 지역이 한눈에 들어오는 높은 곳으로 가서 주위를 살필 필요가 있었다.

나는 침착하게 내 상황을 점검했다. 배낭에는 물 한 통과 비상식량으로 준비한 초코바 몇 개가 들어 있었다. 그나마 다행이었다. 그리고 사막이라는 환경이 완전히 낯선 것만은 아니었다. 나는 전에도 한 번 사막에서 혼자 길을 찾아다닌 적이 있었다. 작은 사업을 해보려 미국에 몇 달간 체류할 때였다. 나는 혼자 차를 몰고 이곳저곳 관광 명소들을 찾아다니다 사막에도 들어가 보았다. 지도와 내비게이션에 의지해 캘리포니아의 거대한 모하비 사막의 일부인 조슈아트리 국립공원에도 가보았고, 그 유명한 데스밸리도 다녀왔다.

특히 데스밸리는 배드워터Badwater, 나쁜 물, 데블스 골프 코스Devil's Golf

Course, 악마의 골프 코스, 아티스츠 팔레트Artist's Palette, 예술가의 팔레트, 레드 캐시드럴Red Cathedral, 붉은 대성당 등 재미있는 지명이 많아 인상적이었다.

배드워터는 데스밸리에서 가장 낮은 지대에 위치해 있다. 사막 여행에 지친 여행자들이 이곳에서 물을 발견하고 마셔보았으나 소금기가 많아 엄청 짰다. 그래서 배드워터, 즉 나쁜 물이라는 이름이 붙여졌다고 한다. 지금은 넓은 호수가 말라 물은 거의 없다. 대신 하얗게 펼쳐져 있는 소금 바닥이 멋진 풍경을 만들고 있다.

데블스 골프 코스, 즉 악마의 골프 코스는 호수의 진흙이 마르면서 동글동글하게 뭉쳐진 모양이 큰 골프공을 닮았다고 해서, 악마들이 골프를 치는 곳이라는 이름이 붙은 듯하다. 아티스츠 팔레트는 커다란 암벽에 다양한 색상의 바위가 차곡차곡 쌓여 있고 레드 캐시드럴은 큰 붉은 바위가 마치 유럽 성당의 외벽처럼 솟아 있다.

그러나 그런 사막들과 지금 눈앞의 이 사막은 다르다. 관광으로 간 사막과 내가 살아가는 사막이 엄연히 다른 것처럼. 관광지 사막에는 지도가 있다. 방문자 센터에 가면 상세한 지역 지도를 주고, 그곳 안내인이 친절하게도 갈 곳을 지도에 일일이 표시해주기도 한다. 그러나 나 스스로 살길을 찾아가야 하는 생활의 터전인 사막에는 지도가 없다. 관광으로 간 사막에는 또 포장된 도로가 항상 곁에 있다. 나는 그 도로를 차로 이동하고, 주차장에 차를 세워놓고 5분에서 10분, 길어야 30분을 걸어서 구경하고 다시 차로 돌아온다. 그러나 우리가 진짜 살아가야 할 사막에는 포장도로는커녕 아예 길이 없다. 하지만 지도가 없고, 자동차가 없고, 포장도로가 없다고 불평하고 주저앉아 있을 수만은 없다. 이건 관광이 아니다. 삶이다. 살려면 길을 찾아야 한다.

나는 서둘러 언덕을 올랐다. 그리고 휙휙 주변을 둘러보았다. 언덕은 이쪽에서는 그다지 높지 않아 보였는데, 언덕 정상 너머는 경사가 급한 내리막으로 이루어져 상당히 높았고, 꽤 멀리까지 보였다. 다시 한 번 주위를 찬찬히 둘러보았다.

아무것도 보이지 않았다!

반경 3km 이상은 족히 되는 지역을 관찰할 수 있는 높이였지만 저 멀리 지평선에 줄지어 있는 풍력발전용 시설 외에는 시야에 들어오는 게 아무것도 없었다. 막연한 기대가 사라지면서 아무런 생각이 나지 않고 온몸의 힘이 쭉 빠졌다.

사업이 어려울 때가 생각났다. 당시 주변 사람들로부터 이런저런 핀잔을 들었다. 빨리 궁리를 해서 좋은 아이디어를 내고, 나가서 새로운 사람들을 만나고 길을 찾아봐야 하지 않겠냐고. 나 역시 같은 생각이었다. 그런데 당장 결제해야 할 돈 때문에 여기저기서 독촉 전화가 오고 추진하던 몇몇 프로젝트가 어긋나기 시작하면 머릿속이 하얘진다. 아무런 생각도 할 수가 없게 되는 것이다. 지금도 그때와 같은 상황이다. 언덕에만 오르면 틀림없이 낙타 일행을 발견할 수 있을 것 같았는데 아무것도 발견할 수 없었다.

최소한 반경 3km 이내에는 아무도 없는 것이 확실했다. 나는 기운이 빠져서 일단 바위 위에 앉아 물을 꺼내 마셨다. 그들도 내가 오랫동안 보이지 않아서 걱정하고 있으리라. 지금쯤 나를 찾아 되돌아오고 있는지도 모른다. 그렇다고 이 땡볕에 앉아서 그들을 기다리고 있을 수만은 없었다. 어찌 되었든 내가 먼저 찾아나서야 한다.

자이살메르의 호텔에서 전체 일정에 대해 브리핑하던 것을 찬찬히 떠올려보았다. 우리 일정은 자이살메르에서 광야를 지나 서쪽으로 이동한 후 거대한 사구들을 지나 다시 동쪽으로 방향을 바꿔 자이살메르로 돌아오는 것이었다. 그렇다면 우리 일행은 지금 서쪽 방향에 있을 것이다. 시계는 없으나 대충의 시간을 알고 있으니 태양의 그림자와 내가 온 방향 등을 추정하면 서쪽을 짐작해 볼 수 있었다. 나는 그렇게 방향을 잡고 일단 서쪽으로 이동하기로 했다. 마음은 초조해지고 걸음은 빨라졌다. 배낭에 물은 아직 반통이 남아 있었으나, 이미 뜨끈뜨끈해져 있었고 비상식량인 초코바는 먹고 싶다는 생각조차 나지 않았다.

무작정 서쪽이라고 생각되는 곳을 향해 그렇게 한 시간쯤 걷다가 또 작은 언덕 위에 올라서게 되었다. 그곳에서 다시 주위를 둘러보니, 북쪽 방향으로 1km쯤 떨어진 곳에 작은 집 한 채가 보였다. 집 앞에는 자동차도 한 대 세워져 있었다. 길을 잃은 후 처음 본 민가였다. 나의 목적지는 서쪽, 그 집으로 가려면 북쪽으로 방향을 완전히 바꿔야만 했다.

계속 서쪽으로 갈까, 아니면 1km 정도 방향을 바꿔 그 집에 들러 길을 물을까 고민했다. 날도 더운데 1km를 돌아가야 한다는 것이 부담스러웠다. 그러나 사람을 만날 때마다 길을 묻는 캐멀 드라이버들이 생각났다. 좀 돌더라도 그 집에 가서 길을 묻기로 했다. 혹시 일이 잘 풀리면 자동차로 태워다 주지 않을까 하는 기대도 있었다.

사막이나 광야에서는 시야를 가로막는 지형지물이 없어 아주 멀리까지도 잘 보인다. 조금이라도 높은 곳에 올라가면 사방 수 킬로미터까지 볼 수 있다. 그 집을 향해서 내가 언덕을 터덜터덜 내려오고 있던 바로 그때였다. 원래 내가 가려던 방향 쪽 거대한 풍력발전용 바람개비 옆에서 누군가가 옷가지를 흔드는 것이 보였다. 워낙 멀어서 소리는 거의 들리지 않고, 모습도 뚜렷이 보이지 않았지만, 분명 나를 향해 흔드는 것이었다.

걸음을 멈추고 나도 힘껏 팔을 흔들어 보았다. 그러고는 방향을 바꾸어 그쪽으로 걸어갔다. 옷가지를 흔들던 사람은 여전히 식별할 수 없었지만, 어쨌든 누군가 있는 것만은 틀림없었다. 나는 성큼성큼 그곳을 향해 걸어갔다. 10여 분 후 나를 향해 신호를 보낸 사람들을 똑똑히 알아볼 수 있었다. 바로 우리 일행이었다. 갑자기 발걸음이 가벼워져 날아갈 것 같았다. 거의 뛰다시피 그들이 있는 곳으로 갔다.

길을 잃은 지 2시간여 만에 낙타들과 캐멀 드라이버들을 만날 수 있었다. 카노이는 제법 큰 마을이었다. 우리 일행은 낙타와 보급용 지프까지 일행 모두가 거대한 풍력발전용 시설이 만들어놓은 그늘 밑에서 휴식을 취하며 나를 기다리고 있었다. 나에게 스카프를 흔들어 신호를 보낸 이들은 영민 부부였다.

살면서 큰 어려움이 닥치면 사람은 다시 어린아이가 된다. 매달리고, 의지할 누군가를 찾게 된다. 그리고 그 대상을 극적으로 찾았을 때 왈칵, 하고 안도의 눈물을 터뜨린다. 눈물까지는 흘리지 않았지만 영민 부부를 발견했을 때 내 심정은 정말 길 잃은 어린아이가 마침내 부모를 만난 것 같은 마음이었다.

사막 위의 두 남자

이곳을 발견하지 못했더라면
나는 또 얼마나 오랜 시간을 헤매게 됐을까

비록 2시간이라는 짧은 동안이었지만 정말 아찔한 경험이었다. 배낭
에 있던 미지근한 물 대신 그들이 막 아이스박스에서 꺼내주는 시원
한 물을 받아 들이켰다. 그렇게 맛있는 물은 처음 마셔보았다. 나는
상표가 무엇인지 살펴보았다. 이름이 생소한 것이 유명한 생수회사
의 물이 아니라 인도 국내 상표인 것 같았다. 엉뚱하게 해골에 담긴
물을 먹고 깨달음을 얻으셨다는 원효대사의 일화가 생각났다. 결국
모든 것은 마음이 만들어내는 것일까?

오후에도 낙타를 타지 않고 걸었다. 오늘은 사막에서 야영을 하지 않
고 사막 한가운데 설치된 고급 리조트에서 묵기로 되어 있었다. 리조
트라고 해봐야 에어컨도 없는 커다란 텐트가 다였지만, 텐트 안에 화
장실과 샤워 시설까지 갖춰져 있어 냄새나고 좁은 우리 텐트와는 비
교도 되지 않았다. 오후의 땡볕을 견디며 한참을 걷는데 제법 나무
가 우거진 곳이 나타났다. 키 작은 관목이 드문드문 있는 다른 곳과
는 달리 사람 키보다 높은 나무들이 죽 늘어서 있었다. 사막에 어떻
게 이런 큰 나무들이 자랄 수 있는지 어리둥절해하며 나무 사이를 돌
아 나가자 작은 오아시스가 나왔다.

오아시스에서는 한 아저씨가 목욕을 하고 있었다. 반가운 마음에 나도 뛰어들려고 했으나 가까이서 물빛을 보고는 그만두었다. 앞서 원효대사의 이야기를 했지만, 나는 여전히 속세에 물든 인간일 뿐이다. 동물의 분뇨가 떠다니는 물속에 차마 몸을 담그지 못한 것을 보면.

사막의 오아시스. 상상하던 것보다 작았지만 목마름을 채우는 데는 충분했다

나는 목욕을 마친 남자가 입고 있던 옷까지 내처 세탁하는 것을 구경하면서 커다란 나무 아래서 쉬고 있었다. 내 곁에서는 낙타가 물을 마시는 중이었다. 그때 어디서 나타났는지 15~16세쯤 되어 보이는 남자아이 둘이 검은 봉지를 들고 내게 다가왔다. 인도 아이들은 만날 때마다 '스쿨 펜School Pen'을 달라고 한다. 돈을 달라고 하는 것도 아니고, 초콜릿이나 과자를 달라고 하는 것도 아니고, 오직 펜을 달라는 게 의아했다. 공부를 하고 싶어서 그럴까? 설마 펜을 돈으로 쉽게 바꿀 수 있어서 그런 건 아니겠지?

아니나 다를까, 이 녀석들도 펜을 달라고 했다. 하지만 나는 펜이 없었다. 나는 펜 대신 가방에서 비상용으로 가지고 다니던 초코바 몇 개를 꺼내서 줬다. 그러자 녀석들이 검은 봉지에서 주섬주섬 뭔가를 꺼내놓았다. 어린아이 머리통보다 약간 작은, 호박같이 생긴 열매였다. 녀석들은 그것이 수박이라고 했다. 내가 정말이냐고 물었더니 한 녀석이 호기롭게 그중 하나를 손으로 깨서 한쪽을 건네주었다. 속은 빨갛지 않고 하얘서 그리 먹음직스럽게 보이지는 않았다. 긴가민가하며 한입 베어 물었다. 차갑지 않아 시원한 느낌은 없었지만 아주 달았다.

내가 아주 맛있게 한쪽을 다 먹어치우자, 말릴 새도 없이 녀석이 나머지 하나도 마저 깨서 나에게 내밀었다. 결국 나는 이동하면서 이런저런 생각을 메모하려고 가지고 다니던 펜을 윗주머니에서 꺼내 녀석에게 주고 말았다. 그렇게 펜 한 자루를 수박 두 개와 바꾸어 먹었다.

오아시스에서부터 그날 저녁을 보내기로 한 리조트까지는 캐멀 드라이버들과 나란히 걸어서 갔다. 캐멀 드라이버는 2명이었다. 그중 한 명은 영어를 곧잘 했고, 다른 한 명은 영어를 전혀 하지 못했다. 영어를 잘하는 캐멀 드라이버의 이름이 라듀다.

라듀는 이슬람교도라고 했다. 원래 한 나라였다가 종교 때문에 파키스탄과 갈라선 나라 인도에서 이슬람교도로 산다는 것이 그렇게 녹록지는 않았을 것이다. 게다가 라듀는 학교도 다니지 못했다고 한다. 그럼 어디서 영어를 배웠느냐고 물으니, 관광객들에게 배워서 말은 할 줄 아는데 글은 전혀 읽을 줄 모른다고 했다. 하지만 관광객들에게 영어를 배웠다고 하기에는 믿기지 않을 정도로 정확한 발음과 문법을 구사했다. 라듀는 프랑스 관광객도 많이 온다며 프랑스어로 프랑스 관광객 흉내를 내기도 했다. 내가 불어를 알지는 못하지만 라듀는 불어도 제법 잘하는 것 같았다. 머리가 좋은 친구임에 틀림없다.

라듀와 길동무를 하면서 대화를 많이 했다. 라듀의 설명에 의하면 사

캐멀 드라이버 라듀.
그는 지혜가 꼭 학교에만 있는 것은 아님을
입증하는 사람이다

사막 위의 두 남자

람을 태우는 낙타는 수컷이라고 한다. 낙타 가격은 나이나 상태에 따라 다르지만 대략 한국 돈으로 200만 원 정도다. 6마리 중에 2마리가 자신의 것이고, 나머지는 다른 사람의 낙타를 빌려서 나왔다고 했다.

나는, 나도 너처럼 낙타를 사서 인도에서 캐멀 드라이버가 되고 싶다고 말했다. 그 말은 당시 나의 진심이기도 했다(사실은 지금까지도…). 낙타와 함께 사막을 걷고, 길을 가다 사람들을 만나면 길을 묻고, 밤이 되면 자고, 다음 날 아침 또 낙타와 함께 길을 걷고 길을 묻는 그들의 단순한 삶이 부러웠다.

라듀는 그럼 자기가 좋은 낙타를 소개해주겠다고 했다. 그러다가 잠시 생각에 빠지는가 싶더니 역시나 머리 좋은 사람답게 문제점을 예리하게 지적했다.

"근데 비자가 나올까?"

과연 내가 인도 타르 사막에서 캐멀 드라이버를 한다고 하면 인도 정부에서 취업 비자를 내줄까?

이 PD는 내가 정말 서울을 떠나 타르 사막에서 캐멀 드라이버로 살게 되면, 그것을 다큐멘터리로 만들어주겠다고 한다. 만약 내가 또 TV에 나온다면, 그때 나의 직업은 캐멀 드라이버일 것이다.

라듀와 이런저런 이야기를 나누는 사이 저 멀리 제법 규모가 큰 흰색 텐트촌이 보이기 시작했다. 거친 황무지가 끝나고 본격적으로 황금 빛 거대한 모래 언덕으로 이루어진 사막이 시작되는 입구에 세워진 리조트. 그 텐트 리조트는 3일간 사막을 헤매던 우리들의 눈에는 대단히 멋지고 화려하게 보였다. 집처럼 커다란 텐트에는 에어컨은 없어도 선풍기가 있고, 샤워기에서는 뜨거운 물도 나왔다. 그동안 머리 감기는커녕 세수도 못 했다. 밤에 대충 물휴지로 선크림만 닦아내다가 오랜만에 뜨거운 물에 샤워를 하고, 구르타와 파자마 그리고 속옷을 빨았다. 구르타와 파자마와 속옷은 3일 내내 잘 때도 벗지 않고 입고 있었다. 식사도 훌륭했다. 물론 사막 야영지에서의 식사도 나쁘지 않았다. 다만 위생적이지 않은 접시 위에 매일 똑같은 음식을 서걱거리는 모래와 함께 먹어야 하는 것이 아쉬웠을 뿐이다. 리조트에서는 다양한 종류의 요리에 싱싱한 채소와 과일도 먹을 수 있었다.

식사 도중에 인도 민속춤 공연도 있었다. 인도 민속 악기들이 연주하는 빠른 음악에 맞춰 어떤 여자가 매우 다이내믹한 춤을 추었다. 여자는 앉거나 또는 일어나서 허리를 한껏 뒤로 젖히고 매우 빠른 속도로 빙글빙글 돌았다. 저렇게 많이 돌다 멈추면 어지럽지 않을까 걱정될 정도였다.

역동적인 춤이 끝나자 이번에는 다소 조용한 음악이 흘러나왔다. 아까 춤을 추던 그 여자가 나에게 곧장 걸어와서는 춤을 청했다. 나는 원래 이런 자리에서 뒤로 빼는 것을 좋아하지 않는 편이다. 옳거니. 춤은 잘 못 추지만 흔쾌히 여자를 따라 앞에 나가서 춤을 추었다. 오전에 길을 잃고 긴장했던 마음과 며칠간의 사막 여행으로 지친 몸이 흥겨운 음악과 몸짓에 조금쯤 풀어지는 것 같았다.

한바탕 재미있게 춤을 추고 자리에 앉았는데 일행이 나에게 함께 춤을 춘 여자에게 팁을 줘야 한다고 했다. 그러고 보니 여자가 아까부터 자꾸 나를 쳐다보는 것 같기도 했다. 이번 여행을 계획하면서 한계상황까지 나를 몰아가 보자 생각했다. 그래서 옷도 신발도 따로 준비하지 않았고, 돈도 한 푼 가져오지 않았다.

그렇다고 매너 없는 사람이 될 수는 없었다. 어쩔 수 없이 다른 사람들에게 돈을 빌렸다. 음악이 잠시 멈춘 사이 나와 함께 춤을 춘 댄서에게 슬그머니 가서 돈을 손에 쥐여주었다. 그러자 그 여자가 아주 낮고 굵은 목소리로 '땡큐'라고 인사했다. 그는 여장 남자였다. 어쩐지 빙글빙글 도는 춤사위가 무척이나 파워풀하다 싶었다. 공연이 다 끝나진 않았으나 몹시 피곤했던 터라 일찌감치 천막으로 돌아왔다. 오랜만에 푹신한 침대에 눕자 곧 잠이 들었다.

데저트 스프링 사파리

7

일

차

고통은 참는다고 해결되지 않는다.

고통이 주는 신호를 감지하고 적절히 대응해야 고통이 해소되고,

우리 몸의 위험 요소가 제거된다.

고통은 우리가 잘못된 방향으로 나아가고 있는 데 대한 경고이며,

우리를 담금질해 새로운 용기를 낼 수 있게 하는 필요충분조건이다.

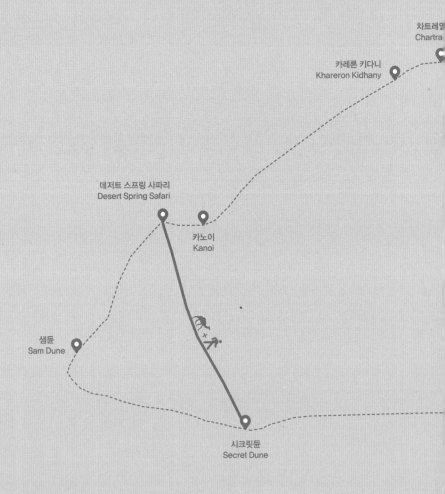

7일 차 이동 경로   출발 인도 데저트 스프링 사파리 Desert Spring Safari, India

도착 인도 시크릿듄 Secret Dune, India

카레론 키다니
Khareron Kidhany

차트레얼
Chartra

데저트 스프링 사파리
Desert Spring Safari

카노이
Kanoi

샘듄
Sam Dune

시크릿듄
Secret Dune

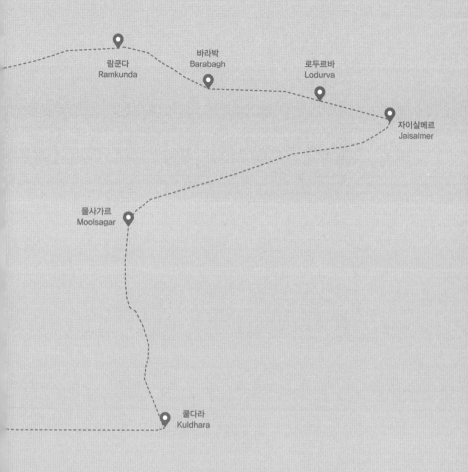

람쿤다
Ramkunda

바라박
Barabagh

로두르바
Lodurva

자이살메르
Jaisalmer

물사가르
Moolsagar

쿨다라
Kuldhara

사구를 하루 종일 헤매고 돌아다녔다. 정확한 지명은 모른다. 데저트 스프링
사파리는 끝없는 사구, 즉 듄Dune이 시작되는 곳이다.

오전 내내 영민과 함께 모래언덕에서 더위와 사투를 벌였고, 오후에는 낙타
를 타고 모래언덕을 누비고 다녔다. 사람도 집도 아무것도 없어 지명조차 없
는 곳이었는데, 가이드들은 그곳을 '시크릿듄'이라고 불렀다. 사람들은 잘 모
르는 비밀스러운, 그러나 아름다운 모래언덕이라는 뜻이리라.

고통이라는 축복

오랜만에 모래바닥 위 침낭이 아닌 푹신한 침대에서 잠을 자고 일어
났는데도 온몸에 기운이 없고, 두통과 근육통이 있었다. 불과 2시간
여의 짧은 동안이었지만, 어제 길을 잃고 헤매면서 나름대로 꽤 긴장
한 것이 몸에 무리가 된 것 같았다. 고질적인 무릎의 통증이 다시 느
껴졌다. 그동안 샌들을 신고 다닌 터라 발바닥도 여기저기 엉망이었
다. 발바닥에 생긴 물집이 터져 피까지 났지만 아물 새도 없이 계속
걸어 다녔으니….

아침부터 햇볕이 따갑게 내리쬐었다. 텐트 뒤 그늘에 가서 멍하니 앉
아 있었다. 서 있는 것조차 힘들었다. 오늘부터는 본격적으로 거대한

사구가 있는 모래사막을 횡단해야 한다. 갈 길이 먼데 만사가 귀찮기만 했다. 오늘 하루를 어떻게 견뎌낼지 걱정이 앞섰다. 사막에서 노숙을 하지 않고 고급 텐트에서 잠을 자서 되레 긴장이 풀어진 모양이었다. 나를 제외한 일행의 컨디션은 좋아 보였다. 그들이 부산히 움직이는 것을 보니 더 이상 앉아 있을 수가 없었다. 나는 겨우 자리를 털고 일어나 길을 나섰다.

리조트의 담을 돌아 야트막한 언덕에 오르자 대뜸 눈앞에 장관이 나타났다. 지난 며칠간 지나온 황량한 광야가 아니라 금빛 모래로 이루어진 거대한 사구가 끝도 없이 펼쳐져 있었다. 나는 허리를 숙여 모래를 한 주먹 가볍게 움켜쥐었다. 따뜻했다. 모래 입자가 어찌나 곱고 부드러운지 손가락 사이로 스르르 다 빠져나가 버렸다. 사막에 온 것이 새삼 실감이 났다. 이제 사막에서의 일정도 절반이 지났으니 다시 힘을 내자고 다짐해 보았다.

사는 건 원래 그런 거다

영민과 함께 걷기 시작했다. 하지만 금방 문제가 생겼다. 몸이 불편한 영민은 지팡이를 짚고 걸어야 했는데, 모래밭이 지팡이를 지탱해 줄 만큼 단단하지가 않았던 것이다. 영민은 걷는 게 몹시 힘들어 보였다. 그럼에도 불구하고 어떻게든 중심을 잡으며 모래 위를 걸어 나갔다. 어디에서 그런 투지가 나오는지 알 수 없었다. 뭐든지 해보고 싶다며 선뜻 따라나선 그에게도 이번 사막 횡단은 그저 단순한 여행이 아닌 듯했다. 아마도 자신에 대한 도전의 의미였을 것이다. 건강한 사람도 쉽지 않은 이 어려운 사막 횡단을 해냄으로써 일상의 삶에서도 자신을 찾고야 말겠다는 의지가 확고해 보였다.

영민의 부인 말에 따르면, 영민은 사막에 오기 전에는 야영은 물론 텐트에서 자본 적도 전혀 없었다. 어쩌다 가는 여행은 반드시 콘도나 시설 좋은 리조트로만 다녔다는 것이다. 그런 그가 여러 가지 불편한 환경을 감수하면서 놀라운 투혼으로 사막과, 아니 자기 자신의 삶과 처절히 싸우고 있는 것이었다. 평지에서는 어느덧 그럭저럭 적응이 돼 제법 잘 나아갔으나 문제는 언덕이었다. 사막에는 바람이 만들어 놓은 특이한 형태의 언덕이 중간중간 나타나곤 했다. 바람에 쓸린 모래들이 한 곳에 쌓이면서 만들어진 모래언덕이었다. 대부분 매우 가파른 경사로 이루어져 있으나, 개중에는 비교적 경사가 완만한 곳이 있어 사람과 낙타들이 통로로 이용했다.

우리는 첫 번째 언덕에서부터 난관에 봉착했다. 언덕이라고 하지만 그리 높지는 않았다. 겨우 2m 남짓 될까? 정상인이라면 서너 걸음이면 올라설 수 있는 높이였다. 그러나 이것이 영민에게는 너무나 험한 길이었다.

영민은 푹푹 꺼지는 모래언덕에서 더 이상 발걸음을 떼지 못하다가 결국 중심을 잃고 쓰러졌다. 언덕 부분의 모래는 평지보다 훨씬 부드러워서 한 발을 내디디면 거의 발목까지 푹 빠졌다. 영민은 다시 일어설 수도 없었다. 그의 부자유한 몸과 지팡이를 받쳐주기에는 모래 지반이 너무 연약했기 때문이다. 나는 그 난감한 상황에 어찌할 바를 몰랐다. 그때 영민이 갑자기 온몸으로 기기 시작했다. 언덕을 기어 넘어 몇 미터만 더 가면 곧 평평한 곳이 나올 테고, 그러면 거기서부터 다시 지팡이를 딛고 일어설 수 있으리라고 판단한 모양이었다. 사실 다른 방법도 없었다.

그러나 지탱할 것이라곤 아무것도 없는 모래밭에서는 기어서도 앞으로 나아가는 것이 불가능했다. 영민이 기를 쓰며 손발을 휘저어 봐도 모래알갱이들만 한없이 뒤로 밀려날 뿐 영민의 몸은 조금도 앞으로 나아가지지 않았다.

나는 얼른 모래언덕에 엎드렸다. 그리고 앞으로 나아가려고 발버둥

치는 영민의 발 뒤에 내 손을 받쳐주었다. 그제야 영민은 내 손바닥을 딛고 조금씩 앞으로 나아갔다. 영민의 신발 속으로 모래가 들어갔다. 나의 샌들에 들어간 모래는 그대로 흘러나왔다. 사막에서 왜 샌들을 신는지 알 것 같았다. 그렇게 고군분투하며 영민은 조금씩 앞으로, 앞으로 기어서 나아갔고, 마침내 평평한 곳에 이르러 지팡이를 의지해 다시금 일어섰다. 서서 안 되면 기어서라도 해내고야 마는 투지를 보여준 것이다. 가슴이 먹먹해지는 투혼이었다.

오전 내내 영민의 사투는 계속되었다. 거의 10분에 한 번씩 우리는 이런 모래언덕을 만났던 것이다. 그리고 모래사막에서는 또 다른 문제가 있었다. 앉아서 쉴 수 있는 그늘이 전혀 없다는 것이다. 모래땅에는 큰 식물이 살 수 없다. 우리는 그저 뜨거운 태양을 등지고 앉는 것으로 해를 피하며 목을 축였다. 지난 며칠과는 비교할 수 없을 정도로 힘든 코스였다. 나아가는 속도도 더디기만 했다.

우리는 예정 시간을 훨씬 넘겨 점심 캠프 장소에 도착했다. 거대한 모래언덕을 옆으로 비껴 겨우 작은 나무 몇 그루 서 있는 지역에 점심 캠프가 차려져 있었다. 영민은 거의 탈진 상태였다. 아침부터 조짐이 좋지 않던 나의 두통은 사라졌으나 근육과 관절 뼈 마디마디마

사막 위의 두 남자

모래언덕 위의 영민과 나.
힘든 상황에서도 영민은 계속해서 앞으로 나아갔다

7일 차

다 아프지 않은 곳이 없었다. 너무 지쳐 입맛도 없었다. 밥을 먹는 둥마는 둥하고 작은 나무 그늘 밑에 기어들어가 쓰러지듯이 누웠다.

사람 키보다 훨씬 낮은 관목 그늘은 너무 자그마했다. 해가 움직이면 그늘도 따라 움직여 오래 누워 있지도 못하고 계속 자리를 옮겨야 했다. 잠이 들 만하면 곧 땡볕이 얼굴을 때려서, 다시 옮겨간 그늘 쪽으로 엉금엉금 기어가야 했다. 어느새 오른쪽으로 저만큼 옮겨간 그늘을 찾아 기어가는데 오래전에 읽은 책의 한 대목이 생각났다. 저자는 심리상담 전문의였다. 그는 자기를 찾아오는 사람마다 같은 질문을 한다는 것이다.

"선생님 이상해요, 저는 왜 이렇게 사는 게 힘들죠?"

나는 이 질문이 근본적으로 잘못되었다고 생각한다. 사는 것은 원래 힘들지 않는데, 이상하게도 자기에게만 힘이 든다는 하소연인데 내 생각은 달랐다.

"사는 건 원래 힘든 거예요."

그러니 사는 게 힘든 것은 이상한 일이 아니라는 것이다.

고통을 느끼지 못한다면 생명은 유지될 수 없다. 고통은 생명을 위협하는 외부의 자극에 대한 인지이고 반응이다. 우리가 고통을 느끼지 못한다면 우리는 그 대가로 우리의 생명을 내놓아야 할 것이다. 만약 우리가 뜨거움을 모른다면 신체 조직이 치명적으로 손상될 때까지 그대로 방치하다 아마 데어 죽을 것이고, 차가움을 모른다면 얼어 죽을 것이다. 뙤약볕이 고통스럽지 않다면 우리는 화상을 입거나 열사병으로 목숨을 잃을 것이다. 햇볕이 뜨겁다는 것을 느끼니 이렇게 기어서라도 그늘 밑으로 피하는 게 아닌가.

우리는 고통에 감사해야 한다. 고통이라는 장치를 통해서 우리의 생명을 유지해 나가는 것이다. 육체적인 고통뿐만 아니라 마음의 고통도 마찬가지다. 마음의 고통은 우리가 부인한다고 해서 없어지는 것이 아니다. 고통은 그에 따른 적당한 반응이 반드시 수반되어야 해소된다.

고통은 의미를 남긴다

나는 비교적 스트레스를 잘 안 받는 체질이라고 여겨왔다. 직장에서 상사에게 깨지고, 업무적으로 스트레스를 받고, 회사를 운영하면서 자금의 압박 등 여러 가지 어려운 일을 겪어도 잘 견딘다고 생각했다. 천성이 낙천적이고 항상 웃는 낯이라 나 스스로도 스트레스를 별로 받지 않는다고 믿었고, 주변 사람들도 나에게 그런 어려운 일들을 스트레스 없이 잘 넘긴다고 이야기하곤 했다. 게다가 오랫동안 클래식 음악을 가까이하고 악기를 연주하는 취미생활 등을 통해 스트레스를 슬기롭게 극복하고 있다고 생각했다. 그러나 그것은 착각이었다. 내 믿음과 자신감과는 달리, 내 몸은 힘들어하고 있었다. 그 증거는 처음에는 원형 탈모로 나타났다. 500원짜리 동전만 하게 머리 앞부분의 모발이 완전히 빠져서 만지면 매끈매끈했다. 그러고도 누적된 스트레스는 마침내 대상포진으로 와서 오른쪽 얼굴이 고름으로 엉망이 되기도 했다.

육체적 고통이건 정신적 고통이건 고통은 참는다고 해결되지 않는다. 고통이 주는 신호를 감지하고 적절히 대응해야 비로소 고통이 해소되고, 우리 몸의 위험 요소가 제거된다. 고통은 우리가 잘못된 방향으로 나아가고 있는 데 대한 경고이며, 우리를 담금질해 새로운 용기를 낼 수 있게 하는 필요충분 조건이다. 사람들이, 특히 종교인들이 고통 속에서 성숙해가며, 고통을 통해 단련되어 간다고 하는 말을 나는 믿지 않았다. 그리고 나 자신이 고통 속에 있을 때, 그것이 나를 성숙하게 한다거나 단련한다고는 더더욱 생각하지 않았다. 그저 어서 빨리 고통을 덜어내고 싶은 마음뿐이었다.

그러나 고통이 멈춘 후에 나는 그것이 나에게 의미 있는 일이었다는 사실을 깨달았다. 나를 성숙시켰거나 단련시켰는지는 잘 모르겠지만, 최소한 그 고통을 통해 내가 살아온 인생에 대해 깊이 생각해 보게 되었고, 삶을 대하는 태도 또한 조금은 변했다고 할 수 있다. 아마 그런 과정이 없었다면, 나는 치유가 불가능할 정도로 망가져서 더 극심한 고통 내지는 완전한 파멸을 맞이했을지도 모른다. 고통을 통해 우리는 새로운 삶의 기회를 얻을 수 있다. 이렇듯 고통은 생명이 살아가는 데 필수적인 것이다. 고통이 없다면 우리가 생명을 유지할 수 없다는 점에서, 고통은 축복이라고 할 수도 있다.

리마인드 웨딩

오후부터 영민은 차량으로 이동하기로 했다. 오전에 모래밭에서 온몸으로 기면서 사투를 벌이느라 체력이 완전히 바닥난 상태였다. 더 이상 걷기는 무리였다. 나 역시 이날은 다시 걸어서 사막을 건널 자신이 없었다. 그래서 낙타를 타기로 했다. 다큐 제작팀 전원과 영민 부부가 먼저 차로 이동했다. 나와 라듀 그리고 또 다른 캐멀 드라이버, 이렇게 셋은 낙타를 타고 출발했다.

우리는 낙타에 올라탄 채 거대한 사구들을 넘었다. 낙타는 모래에 발이 깊이 빠지지도 않고 용케 사막을 잘 걸어갔다. 낙타는 원래 다리와 목이 긴 동물이다. 낙타의 긴 목에는 작은 날벌레들이 잔뜩 들러붙어 있었다. 도대체 이 황량한 사막 어디에서 저런 날벌레들이 날아와 낙타의 목에 한자리를 차지하고 앉았는지 모를 일이었다. 녀석들은 해와 반대쪽 그늘진 낙타의 목에 떼 지어 붙어 있었다. 낙타가 성가셔할 듯해 내가 쓰고 있던 모자를 벗어 휘휘 쫓으면 녀석들은 잠깐 도망가는 시늉을 했다가 금세 낙타에게 달려들었다.

한동안 날벌레들과 씨름하고 있는데, 라듀가 속도를 좀 내어도 괜찮겠냐고 물었다. 오전에 모래 위에서 사투를 벌이느라 시간이 많이 지체되어서 제시간에 저녁 캠프 장소에 도착하기 힘들 것 같단다.

"You, OK?"

낙타 몰이꾼 처지에서야 빨리 저녁 캠프 장소로 가서 쉬고 싶기도 했을 것이다.

"I'm OK!"

그런데, 아뿔싸! 설마 낙타가 그렇게까지 빨리 달릴 줄이야! 단단한 땅바닥도 아닌 모래밭에서 말이다. 낙타는 정말 상상할 수 없는 속도로 빠르게 모래 위를 달리기 시작했다. 나는 좁은 낙타등 위에서 떨어지지 않으려고 몸을 낮게 수그리고 부실한 안장을 꽉 잡았다. 얼굴을 때리는 바람이 기분 좋았다. 비록 뜨거운 열기를 품은 바람이었으나 낙타가 달리는 속도 때문에 시원하게 느껴졌다.

내가 탄 낙타. 사막에서는 낙타가 가장 빠르다

그렇게 한참을 달려 아직 해가 많이 남아 있을 때 우리는 저녁 캠프장에 도착했다. 아름다운 모래가 끝없이 펼쳐져 있는 곳이었다. 인도 가이드 대장이 시크릿듄이라고 말해 주었다. 오로지 자신들만 아는 아름다운 모래언덕이라고 자랑하는 걸로 봐서 정식 지명은 아니고 자기들끼리 그렇게 부르는 모양이었다. 차량으로 먼저 와 있던 영민은 그새 기력을 많이 회복한 듯 보였다. 다행이었다.

캠프에 먼저 당도한 제작팀은 출연자인 나를 카메라 밖으로 내팽개쳐 놓고 자기들끼리 뭔가를 준비하느라 바쁘게 움직이고 있었다. 곧 영민 부부가 리마인드 웨딩을 할 거란다. 사막에서 계속 걷기만 하는 화면으로는 방송이 단조로워질 것 같아서 제작팀이 서울에서부터 사전에 기획을 해두었다고 한다.
영민 부부는 제작팀의 제안을 받아들이고 나름 신경을 써서 준비를 해온 것 같았다.
두 사람은 내가 자이살메르 시장에서 인도식 옷을 살 때 함께 산 인도 전통 의상과 스카프 등으로 치장을 하고 제작진의 지휘에 따라 움직였다. 광활하게 펼쳐진 금빛 모래밭에서 붉게 물드는 석양을 배경으로 올리는 리마인드 웨딩. 이 경이로운 대자연을 어느 멋진 웨딩홀에 비할 수 있을까! 20여 년 전을 회상하며 치르는 영민 부부의 결혼식은 무척이나 아름다웠다. 특히 영민이 부인에게 편지를 읽어주는 장면은 감동적이었다.

영민의 부인은 그동안 남편을 돌보느라 정말 애를 많이 썼다. 영민은 뇌종양이라는 육체의 병을 앓으면서 마음까지 깊이 앓았다고 한다. 당연한 일이다. 몸이 불편한데 어찌 마음이 편하겠는가? 영민은 종양 탓인지 성격조차 바뀌어서 투병 내내 사소한 일에도 짜증을 내고, 참을성도 없어져서 신경질을 많이 부렸다고 한다. 영민의 부인은 그 모든 투정을 다 받아주면서 남편을 헌신적으로 돌보았다. 그녀의 표정 또한 얼마나 밝은지! 몸도 힘들고 마음도 속상하고, 어쩌면 환자보다 더한 괴로움이 없지 않을 텐데도 영민의 부인은 항상 밝은 얼굴을 하고 있었다.

영어로 배우자를 베터 하프better half, 더 나은 반쪽라고 한다. 배우자란 모자란 나보다 더 많이 나를 채워주는 반쪽인 존재라는 의미일 것이다. 그렇다고 해도 이렇게 옆에서 힘이 되어주는 반쪽이 되기가 어디 쉬운 일인가. 그런 배우자를 만난 것도 행운이다.

대개 경제적인 위기가 찾아오거나 금전적인 손실이 회복되지 않으면 멀쩡하던 관계도 삐걱거리게 된다. 격려하고 기다려주기보다 서로

원망부터 하게 되고, 급기야는 돌이킬 수 없는 파국으로 치닫게도 된다. 솔직히 나만 해도 힘든 일에 처했을 때 옆에 있는 사람이 조력자가 아니라 채권자라고 느껴졌다. 그것도 당시 나에게 빚 독촉을 하던 그 어떤 채권자보다도 더 악질적인 채권자. 일단 그렇게 받아들여지자 좀처럼 마음을 열 수 없었고, 한걸음도 다가갈 수 없었다.

어려울 때 옆에 든든한 조력자가 있다면 큰 힘이 될 것이다. 영민처럼 그 조력자가 '베터 하프'라면 그건 베터better가 아니라 베스트best이리라.

프랑스의 지성 앙드레 모루아는 "진실로 결합된 부부에게는 젊음의 상실도 불행이 아니다"고 했다. 아무리 어려운 일이 있어도 마음을 다해 사랑하는 사람과 함께 늙어갈 수 있는 것만큼 축복받은 일도 없다. 이 지구에서 자기 마음에 꼭 맞는 사람을 만날 확률은 생각해 보면 더욱 그렇다.

어쨌거나 장밋빛 석양을 배경으로 한 리마인드 웨딩을 조금 떨어진 곳에서 지켜보면서, 나는 그 두 주인공이 오랫동안 행복하게 살기를 온 마음으로 기원했다.

부디 더 건강해지기를, 더 온전해지기를.

영민 부부의 리마인드 웨딩,
사진 한 장에 얼마나 많은 사연이 담겼을까

조촐한 결혼식이 끝나고 저녁식사 시간이 되었다. 어느덧 주위가 깜깜했다. 보름이 지나면 하루하루 지평선 위로 달이 올라오는 시간이 늦어져 저녁식사 무렵 주위는 온통 어둠뿐이다. 인공적인 조명이 전혀 없는 사막 한복판에서 칠흑 같은 어둠이라는 게 무슨 뜻인지 비로소 실감했다.

매번 인도 요리사가 저녁 메뉴로 내어놓는 인도식 카레 2종류와 밥 또는 난, 그리고 몇 가지 채소 요리나 닭 요리는 맛이 아주 좋았다. 서울의 인도 요리 전문점에서 먹을 만한 훌륭한 음식들이었다. 그러나 매일 점심과 저녁을 같은 메뉴로 먹다 보니 슬슬 물리기 시작했다. 나중에는 간단한 토스트와 딸기잼과 바나나, 그리고 인도식 차인 짜이가 나오는 아침식사가 더 입맛에 맞았다.

저녁식사를 하는 둥 마는 둥 하고 있는데 촬영감독인 박 감독이 바쁘게 왔다 갔다 하더니 나에게 라면을 먹겠냐고 물었다. 서울에서 준비해 온 라면이 있다는 것이다. 나는 반색을 했다. 국물이 있는 익숙한 음식을 먹고 싶었다. 서울을 떠난 지 1주일이 되도록 한국 음식은 전혀 먹지 못했던 터였다. 박 감독이 인도 요리사에게서 조리도구를 빌려 라면을 끓였다. 큰 냄비에 끓인 라면을 작은 그릇에 덜어먹어야 하는데, 아직 달이 뜨기 전이라 한 치 앞도 보이지 않았다. 그때 누군가 손전등을 켜서 냄비를 비추었다. 순간 후드득 소리가 나면서 어디서 왔는지 메뚜기 떼(사실 너무 어두워 어떤 곤충인지는 전혀 보지 못했다) 같은 것들이 날아들었다. 박 감독이 놀라 소리를 질렀다. 얼른 손전등을 끄고 깜깜한 가운데 손대중으로 라면 분배가 이루어졌다.

나는 라면 한 그릇을 배급받아 맛있게 먹었다. 저녁도 시원찮게 먹은 데다 간만에 매콤한 라면을 먹으니 입맛이 살아났다. 면을 얼추 건져 먹고 남은 국물에다 식은 밥이라도 얻어 말아 먹을까 생각하고 있는데, 건새우가 씹혔다. 그냥, 건새우일 거라고 생각했다. 맛도 식감도 딱 건새우였다.

내 옆에서 라면을 먹고 있던 박 감독에게 무심코 물었다.

"라면에 건새우 넣었어?"

"건새우가 어디 있어서 넣어요? 라면에 스프만 넣고 끓였지."

박 감독의 대답을 듣는 순간 퍼뜩 짐작이 갔다. 옳거니, 아까 손전등을 켰을 때 후드득 날아들었던 정체불명의 날벌레들 중 한 마리가 내 라면 그릇에 떨어진 것이렷다. 희한하게도 이상하다거나 역겹지 않았다. 오히려 먹을 만하다는 생각이 들었다.

열악한 환경은 지나치게 예민한 우리의 신경을 적당히 무디게 해준다. 사소한 일에도 짜증을 내며 날카롭게 반응하던 도시에서의 삶이 불과 1주일 만에 뭉툭해진다. 그래, 작은 것에 민감하게 반응할 필요가 뭐 있겠나?

모랫바닥에 침낭을 깔고 누웠다. 달은 아직 뜨지 않았다. 사방에 인공적인 불빛 하나 없는 사막에 하늘을 지붕 삼아 누웠다. 하늘에 별이 하나둘 나오더니 어느새 은하수가 되었다.

아, 은하수!

35년쯤 전 중학생 때 시골에서 딱 한 번 은하수를 본 게 다였다. 그날 나는 오줌을 누러 방을 나섰다가 눈앞에 펼쳐진 은하수의 장관에 한동안 그 자리에 서서 하늘만 올려다보았다. 30년 넘게 한 번도 보지 못해 기억에서조차 사라졌던 은하수를 이곳 사막에서 이렇게 보게 되다니! 왜 사람들이 저 별의 무리를 은하수라 부르는지 알 것 같았다. 별들이 꼭 시냇물이 흐르는 것처럼 하늘을 흘러가고 있었다.

단테의 《신곡》이 생각났다. 단테는 《신곡》의 첫 번째 '지옥편'에서 지옥에는 별이 없다고 했다. 별이 없는 것은 희망이 없는 것이다. 도시에 사는 우리들은 반짝이며 흐르는 별의 강, 저 맑은 은하수를 보기 위해 하늘을 올려다보지 않게 된 지 오래다. 밤하늘에 희망의 불씨처럼 총총 박힌 별들을 헤아리기 위해 고개를 들지 않는다. 삶이 바쁘고, 삶에 지치고, 삶의 꿈이 사라졌기 때문이리라. 삶의 꿈이 사라졌다는 것은 희망이 사라졌다는 의미인지도 모른다.

저 하늘에 빛나는 무수한 별 중 가장 가까운 별도 지구로부터 4.3광년 떨어져 있다. 그러므로 지금 우리가 보는 별들은 수천 수만 년 전의 모습을 우리에게 드러내 보이는 것이다. 1광년은 1초에 지구를 일곱 바퀴 반 돈다는 빛의 속도로 1년 동안 나아가는 거리를 가리킨다. 그 아득한 시간과 그 아득한 거리를 생각하면, 저 광대무변한 우주의 작은 미립자에 불과한 나의 존재가 안고 있는 고민이란 얼마나 하찮은 것인가. 그렇게 은하수를 바라보며 이런저런 상념을 넘나들다가 가물가물 잠이 들고 말았다.

사막의 은하수

8

일

차

우리는 제대로 알지도 못하면서 뭐든지 자기 뜻대로만 하려고 한다.

또 그 뜻을 이루어달라고 신에게 기도한다.

그러나 자신의 뜻대로 되는 일이 과연 좋기만 한 것일까?

자신의 뜻대로 되지 않아서 과연 나쁘기만 한 것일까?

차트레일
Chartrail

카레론 키다니
Khareron Kidhany

데저트 스프링 사파리
Desert Spring Safari

카노이
Kanoi

샘듄
Sam Dune

시크릿듄
Secret Dune

8일 차 이동 경로
출발 인도 시크릿듄 Secret Dune, India
경유 인도 샘듄 Sam Dune, India
도착 인도 쿨다라 Kuldhara, India

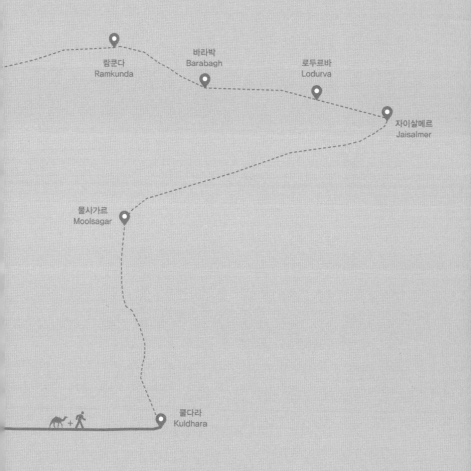

람쿤다
Ramkunda

바라박
Barabagh

로두르바
Lodurva

자이살메르
Jaisalmer

물사가르
Moolsagar

쿨다라
Kuldhara

오전에 잠시 타르 사막 최대의 모래언덕 지역인 샘듄으로 후진.
드디어 반환점을 돌아 방향을 동남쪽으로 바꾸어 고대 유적지인 쿨
다라까지 이동했다.

내 뜻대로 되지 않게 하소서

아침 출발 전부터 다큐 제작진과 인도 스태프들이 심각한 표정으로 회의를 하고 있었다. 뭔가 차질이 생긴 듯했다. 이번 다큐의 기획자이자 연출자인 이종은 PD는 서울에서 사전 조사할 때 점찍어둔 샘듄에는 언제쯤 도착하느냐고 묻고 있었다. 샘듄은 인도 타르 사막의 최대 사구 지역이다. 인터넷에서 타르 사막을 검색하면 반드시 나오는 타르 사막의 명소였다. 그런데 인도 스태프들의 대답이 이미 우리가 샘듄을 지나왔다는 것이다. 그곳은 관광객도 많고, 인도 사람도 많아서 방송 촬영을 하기가 용이하지 않아서 자기네가 샘듄보다 더 좋은 사구 지역으로 루트를 잡아 돌아왔다고 한다.

이 PD는 화를 냈다. 사전 조사에서 꼭 영상에 담아야겠다고 생각한 곳이었고, 어쨌든 샘듄은 인도 타르 사막에서 가장 유명한 장소가 아닌가. 결국 샘듄으로 되돌아가기로 했다. 그러나 낙타 무리를 이끌고 샘듄으로 갔다가 다음 캠프장까지 이동하는 것이 시간적으로 도저히 불가능하기 때문에 낙타는 예정 루트로 이동을 시키고, 나를 포함한 다큐 제작팀은 차량을 이용해 샘듄으로 가기로 했다. 나는 그때 사막에 들어와서는 처음으로 차량에 탑승해서 이동했다.

다 좋기만 한 것도, 반드시 나쁘기만 한 것도 없다

샘듄은 우리가 전날 묵은 야영지에서 차로 30분 거리에 있었다. 샘듄의 입구까지는 포장도로가 잘 닦여 있었다. 샘듄에 가까이 다가갈수록 우리가 엊그제 밤 묵은 숙소와 비슷한 고급 텐트형 리조트들이 끝도 없이 나타났다. 사실 우리처럼 사막을 도보로 1주일씩 횡단하고 밤에도 사막에서 야영하는 관광객은 거의 없다. 관광객 대부분은 자이살메르에서 자동차로 1시간 거리에 있는 샘듄까지 차를 타고 갔다가, 거기서 낙타를 타고 한두 시간쯤 샘듄을 돌아본 후에 대형 고급 텐트에서 하룻밤 자는 것으로 사막을 '체험'한다고 한다.

대형 텐트촌을 지나자마자 드디어 샘듄이 나타났다. 샘듄은 거대했다. 눈앞에 높이 100m는 훨씬 넘을 것 같은 거대한 모래언덕이 떡하니 버티고 있었다. 모래언덕이 아니라 모래 산이었다. 타르 사막에서 가장 큰 사구라는 말이 무색하지 않을 규모였다.

그런데 적당한 곳에 차를 세우려고만 하면 어디서 나타났는지 누군가 다가와서 알 수 없는 말로 우리 가이드와 한참 실랑이를 벌이는 것이었다. 이곳에서 촬영을 하거나 차를 세우려면 돈을 내야 한다는 핑겟거리를 만들어 돈을 요구하는 사람들이라고 했다. 애초에 복잡한 수속 절차와 긴 소요 기간 때문에 인도 정부로부터 정식 촬영 허가를 받고 떠난 여행이 아니어서 우리는 촬영과 관련해서 이런저런 요구를 하는 사람들에게 강하게 대응할 수 없었다.

사실 사막에 들어선 이후 우리는 한 번도 촬영에 대해서 누군가의 간섭을 받은 적이 없다. 그것은 우리가 사막에서 우리 외에 다른 사람을 거의 만나지 못했기 때문이었다. 간혹 마주친 사람들이라고 해야 광야에서 양을 치는 목동이거나 작은 마을에 사는 몇몇 거주민뿐이었다. 사막에서 이렇게 많은 현지인을 만난 것은 샘듄이 처음이었다. 샘듄에서는 수십 명씩 무리지어 움직이는 단체 관광객들을 자주 볼 수 있었다. 그들은 낙타를 타기도 하고, 가이드에게 설명을 듣기도 하며 그 큰 샘듄을 가득 메우고 있었다. 그 거대한 모래언덕, 아니 모래산에는 사람의 발자국이 찍히지 않은 공간이 단 한 평도 없었다. 광활한 사막에 와 있다는 느낌이 도저히 들지 않았다. 마치 해운대 백사장에 와 있는 듯한 느낌이었다.

우리는 촬영을 포기하기로 했다. 돈을 요구하는 사람들이 끈질기게 따라붙기도 했고, 무리해서 촬영을 감행해봐야 광활한 사막의 느낌을 도저히 살릴 수 없었기 때문이다. 촬영은 포기했지만, 그냥 지나치기 아쉬워 나는 정상까지 걸어서 올라가보았다. 높은 모래언덕 꼭대기에서 바라보니 저 멀리로 끝없이 광활하게 펼쳐진 모래사막이 장관이었다. 유명 관광지가 된 이유를 알 것 같았다. 하지만 샘듄은 사막만이 가지는 호젓한 매력을 완전히 잃어버렸다. 대형 텐트들이 끝도 없이 줄지어 서서 하나의 큰 도시를 이루었고, 어떤 방향으로 카메라를 돌려도 사람을 앵글 밖으로 밀어낼 수 없을 정도로 관광객들로 붐볐다.

유명해진다는 것은 그런 것이다. 어떤 일은 유명해짐으로써 오히려 그 유명해진 본질을 잃게 된다. 사람도 결코 예외가 아니어서 유명해지면서 본래의 자신을 잃어버리는 사례를 왕왕 볼 수 있다. 본래의 자신을 잃어버리는 데 그렇게 대단한 것이 필요하지 않다. 아주 조그마한 지위의 상승, 아주 조그마한 사회적 성공에도 쉽게 변하는 게 인간이다.

결국 오전 일정은 허탕을 치고 말았다. 우리 일행은 먼저 떠난 낙타 일행을 따라잡기 위해 왔던 길을 되짚어 달렸다. 지프 안에서, 독실한 기독교인인 이 PD는 자신의 뜻대로 되지 않게 해주셔서 하나님께 감사하다고 했다. 서울에서 이번 프로젝트를 준비하면서 이 PD는 인도 쪽 여행사에 샘듄을 꼭 넣어달라고 요구했었고, 우리의 이번 여행 취지를 잘 아는 여행사 쪽에서도 아무 걱정을 하지 말라고 했었다. 그런데 오늘 아침에야 이 PD는 우리 코스에서 샘듄이 빠져 있다는 것을 알게 됐다. 그리고 애초에 계획한 대로 샘듄을 카메라에 담기 위해 루트를 되돌렸지만, 샘듄은 도저히 촬영할 여건이 되지 않았다.

만약 이 PD의 계획대로 처음부터 샘듄을 들렀다면, 우리는 어제 지나온 곳과 같이 사람 발자국 하나 없는 사구를 경험하지 못했을 것이다. 인도 사막은 원래 이렇게 관광객이 많아서 발자국 없는 곳을 찾을 수 없구나 생각하며 한여름 해운대 백사장 같은 영상만 가지고 돌아갈 뻔했다. 그렇게 되면, 현실의 사막을 꿋꿋이 건너고 있는 중년들의 사막 횡단 여행이라는 취지를 담기에 미흡한 프로그램이 되고 말았을 것이다.

원래의 계획대로 되지 않고 인도 스태프들이 재량껏 잡은 코스로 돌아감으로써 우리는 타르 사막 최대의 사구라는 샘듄보다 더 멋진 모래언덕들을 만날 수 있었던 셈이다. 전화위복이랄까, 새옹지마랄까, 여행길도 인생길과 마찬가지로 처음부터 끝까지 다 좋기만 한 법도, 다 나쁘기만 한 법도 없다는 걸 다시 한 번 배운다.

우리는 제대로 알지도 못하면서 뭐든지 자기 뜻대로만 하려고 한다. 또 그 뜻을 이루어달라고 신에게 기도한다. 그러나 자신의 뜻대로 되는 일이 과연 좋기만 한 것일까? 자신의 뜻대로 되지 않아서 과연 나쁘기만 한 것일까? 자신의 뜻대로 이뤄진 일이 오히려 화가 되어 돌아오는 경우도 있고, 오늘처럼 이렇게 자신의 뜻대로 되지 않아 더 좋은 결과를 맞을 수도 있다. 살면서 한 번쯤, 아니 가끔은 너무 자신의 뜻만을 고집하지는 않았는지 생각해 볼 일이다. 그 뜻이 종교적 신념이건 정치적 신념이건, 또는 소망하는 바이건 그 무엇이건.

쿨다라 가는 길

한참을 달려서 우리는 미리 출발한 낙타 일행과 만났다. 점심을 먹고 나서 몇 개의 모래언덕을 넘어가자 모래가 서서히 사라지고 다시 황량한 광야가 나타났다. 사막 하면 흔히 모래언덕을 떠올리는데, 이렇게 모래언덕 즉 사구로 이루어진 부분은 전체 사막의 13% 정도에 불과하다고 한다. 대부분의 사막은 바싹 마른 대지에 쩍쩍 갈라진 땅, 크고 작은 돌멩이들이 굴러다니는 이런 황야로 이루어져 있다.

광야를 한참 지나자 멀리 언덕 위에 돌로 쌓은 건축물들이 보였다. 힘들게 언덕을 올라가 보니 제법 큰, 그러나 지금은 거의 다 허물어진 옛날 궁궐터 같은 게 나타났다. 폐허가 된 유적지였다. 캐멀 드라이버 라듀의 말로는 그곳이 쿨다라라고 했다. 13세기에 세워졌다는 쿨다라에는 약 400여 채의 집터가 남아 있다. 적어도 2,000명에 가까운 주민이 살았을 것으로 추정되는데 어느 날 갑자기 모든 사람이 한꺼번에 사라져 버렸다는 것이다. 라듀도 그 이유를 정확히 모른다고 했다. 극심한 가뭄이나 전염병 같은 재앙이 이 마을을 덮친 게 아닐까 추측할 뿐, 지금까지 밝혀진 사실은 없다고 한다.

라듀의 말에 따르면, 하루아침에 폐허가 되었다는 쿨다라에는 아직

사막 위의 두 남자

쿨다라 유적지, 이제는 허물어진 옛 도시

©Suryansh Singh

도 보물이 묻혀 있단다. 가끔 외지 사람들이 도굴을 하다가 경찰에
잡혀가기도 한단다. 바로 지난달에도 한 독일인이 밤에 와서 몰래 보
물을 파내려다 붙잡혀서 감옥에 갔다고 한다. 믿거나 말거나. 이런
전설을 품고 있는 게 당연하다 느껴질 정도로 쿨다라에는 크고 웅장
하고 정교한 건물들이 아직도 많이 남아 있었다.

쿨다라의 허물어진 건물들 사이를 걸어 나올 때, 라듀가 먼 곳을 가
리키며 말했다.
"리버."
강이라⋯ 이런 사막에?
과연 라듀가 가리킨 곳에는 가지가 늘어진 나무가 몇 그루 서 있었
다. 사막의 오아시스였다. 우리의 저녁 캠프이기도 했다. 먼저 도착한
인도 스태프들이 식사 준비를 해놓고 우리를 기다리고 있었다. 캠프
에서 얼마 떨어지지 않은 곳에 물줄기가 흐르는 지형이 있었다. 폭이
1m가 채 안 돼 '강'이라고 하기에는 매우 민망한 개울에 불과했지만,
어쨌든 물은 물이었다.
아무래도 웅덩이에 고여 있지 않고 흐르는 물이라 그런지 그동안 몇
번 지나온 오아시스와는 비교가 안 되게 깨끗했다. 라듀가 그의 동료

캐멀 드라이버와 함께 물주전자와 비누를 들고 강가로 왔다. 그들은 상의를 훌훌 벗더니 물속으로 들어가 몸을 담갔다. 구경을 하던 나도 옷을 벗고 목욕에 합류했다. 물은 미지근했고 약간 짠맛도 났지만, 지난 며칠간 옷도 갈아입지 않고 세수도 제대로 하지 못한 내게는 그것마저 상쾌하게 느껴졌다.

꼭 한강처럼 크고 넓어야만 강인가. 사막의 이름 없는 강이야말로 그 어떤 강보다 귀하고 반가운 강이다. 지난달 우기에 비가 엄청 많이 내려서 그 어느 때보다 유량이 풍부하다는데도 고작 우리네 동네 개울을 못 벗어날 정도의 강이긴 해도. 그래도 그곳은 무더운 여름날에 물놀이 갔던 남한강 유역보다 더한 즐거움을 주었다. 나는 라듀에게 비누까지 얻어서 제대로 씻었다. 내내 입고 있던 인도식 윗옷 구르타는 벗어서 대충 빨아 널고, 하의는 입은 채 물에 헹구고 역시 입은 채 그대로 말렸다. 건조한 사막 지역이라 입고 있던 옷도 30분이 채 안 돼 다 말라버렸다.

사막의 밤이 깊어간다. 여느 날처럼 모래 위에 침낭을 깔고 그 속으로 들어가 누웠다. 어느덧 사막 도보 횡단도 내일이면 끝이 난다. 모레 오전에는 다시 자이살메르에 입성할 것이다. 나는 이번 사막 여행에서 영민과 이런저런 이야기를 나누며 걷는 것도 좋았지만, 아무도 없는 사막을 혼자 터벅터벅 걸을 때 느끼는 절대고독의 상태 또한 나쁘지 않았다. 아니, 마구 엉켜 있던 온갖 생각들이 머리에서 빠져나가고 그저 내가 걷고 있다는 인식만이 또렷이 남아 있던 고독한 보행을 몹시 즐겼다. 걷고 걷고 또 걸은 사막 걷기를 내일이면 마친다. 대견하기도 하고 아쉽기도 하다.

사막의 강. 그곳에도 좁지만 흐르는 물이 있었다

목욕하는 나와 라듀

타르 사막

9

일

차

사막에는 아무것도 없는 줄 알았다. 그리고 사실 아무것도 없는 것처럼 보인다.

하지만 자세히 보면 그곳에도 생명이 있다.

아주 작은 풀들이 단단한 바위의 비좁은 틈새에 자리 잡고 있으며,

순찰이라도 돌 듯 모래언덕 위를 끊임없이 돌아다니는 작은 벌레도 있다.

가만히 멈춰 있으면, 모래인지 돌덩어리인지 알 수 없는 도마뱀도 가끔 지나다닌다.

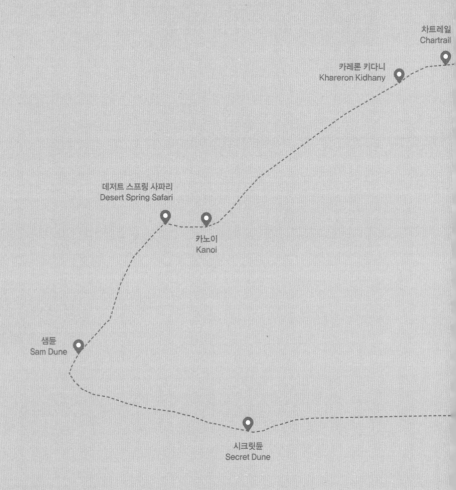

차트레일
Chartrail

카레론 키다니
Khareron Kidhany

데저트 스프링 사파리
Desert Spring Safari

카노이
Kanoi

샘듄
Sam Dune

시크릿듄
Secret Dune

9일 차 이동 경로　　출발 인도 쿨다라 Kuldhara, India

도착 인도 물사가르 Moolsagar, India

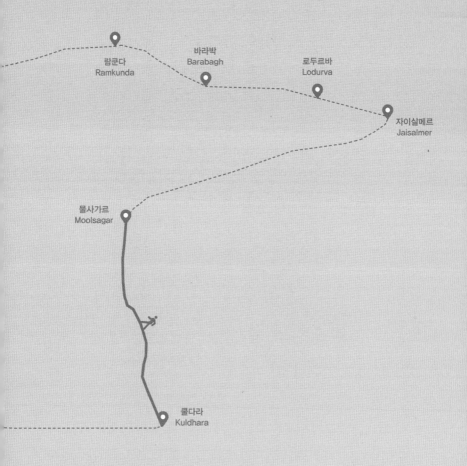

람쿤다
Ramkunda

바라박
Barabagh

로두르바
Lodurva

자이살메르
Jaisalmer

물사가르
Moolsagar

룰다라
Kuldhara

사막에서의 마지막 여행지인 물사가르로 걸어서 이동했다.
물사가르는 캐멀 드라이버 라듀의 집 근처이며, 커다란 물탱크탑
이 있다. 거기에 수도꼭지가 달려 있어 샤워도 할 수 있다. 우리말
을 잘하는 인도 청년 싱과 제작팀은 그곳에 가서 샤워를 하고 왔다.

그럼에도 삶은 계속되어야 한다

9일 차

사막에서의 마지막 날이다. 오늘 하루만 더 걷고 야영을 하면 내일은 자이살메르 시내에 들어가서 호텔에서 편한 잠을 자게 될 터이다. 그렇다고 사막 모래 위에서의 잠자리가 불편하기만 했다는 뜻은 아니다. 바람이 많이 분 밤에는 머리카락, 눈썹 그리고 콧구멍까지 모래로 범벅이 되기 일쑤였지만 몇 번 툴툴 털어버리면 될 일이었다. 그것보다는 하늘의 은하수와 쏟아질 듯 많은 별, 이따금 한두 개씩 떨어지는 유성을 보며 잠드는 것이 좋았다. 한뎃잠인데도 모기 한 마리 얼씬하지 않는 것도 좋았다.

사막 위의 두 남자

어쨌든 오늘로 사막에서의 고행이 끝난다는 생각에 시원섭섭한 마음으로 길을 나섰다. 영민과 나란히 마지막 사막길을 나서며 이런저런 이야기를 나누는데 오늘도 결국 이야기는 '기-승-전-아이들'로 귀결되었다. 이런 어려운 처지에 빠진 아빠들을 보면서도 겉으로 내색하지 않고 밝은 모습을 보이려고 노력하는 기특한 중학생, 고등학생 아이들. 영민은 아이들 걱정을 많이 했다. 특히나 자신이 아빠 노릇을 제대로 못한다고 자책했다. 그럼에도 불구하고 옆에서 더 오래 같이 있어야 한다고, 막내딸이 시집갈 때까지는 살아 있어야 한다고, 다짐하듯 속마음을 열어 보이기도 했다.

사실 영민의 병은 꽤 중증이다. 5년 전에 발병해서 완치된 줄 알았던 뇌종양이 재발했다. 주치의에게서 재수술을 할 경우 부자연스럽게나마 쓰고 있는 왼손과 왼발이 완전 마비될 확률이 높다는 이야기를 들었다고 한다. 현재는 본인이 수술을 거부하고 있는데, 종양이 커지면 죽을 수도 있는 상황이다. 물론 정기적으로 추적 검사를 해 종양의 추이를 예의 주시하고 있지만, 의료적 차원에서 보자면 이렇게 사막 횡단에 따라 나설 상태는 아니었다.

괜히 함께 가자고 한 것이 아닌가 후회가 되다가도, 사막 여행을 준비하면서 표정도 밝아지고 운동도 열심히 하며 삶에 의욕을 보이는 그를 보면 권하길 잘한 것 같다는 생각이 들기도 했다.

어쨌든 영민은 늘 아이들이 눈에 밟히는 듯했다. 하지만 난 아이들 걱정은 별로 하지 않는다. 자기 먹을 것은 가지고 태어난다는 어른들 말씀도 많이 들었고, 그게 아니어도 누구든 자신의 삶은 자신이 살아가야 할 몫이니까. 금수저로 태어나는 것보다 소위 흙수저로 태어나면 삶이 조금은 더 버거울 수 있겠지만, 부자의 삶이라고 무조건 좋기만 한 것도 아니다.

부자들이 누리는 사치가 별게 아니라는 것을 나는 안다. 자동차 관련 방송 일을 하면서 나는 7억 7,000만 원을 호가하는 차도 타보았고, 하룻밤에 500만 원 한다는 호텔방에서 몇 시간이나마 머물러보기도 했다. 하지만 7억 7,000만 원짜리 차도 하늘을 날지는 못했고, 하루 500만 원짜리 방도 피로를 알아서 풀어주지는 못했다. 그렇게 많은 비용을 치르고 누리는 호사가 약간의 고급스러움, 약간의 우쭐함이라면 그다지 부러울 것 없다는 생각을 당시에도 했었다.

영화 〈타이타닉〉에서도 3등칸에 있다가 1등칸에 간 남자 주인공이

'1등칸은 정말 따분하구나' 하면서 여자 주인공을 데리고 3등칸에 가서 신나게 놀지 않던가? 결국 둘의 하룻밤은 1등칸이 아니라 3등칸에서의 파티 이후에 이루어진다.

모든 것이 숫자로 환원되어 평가되는 사회는 우리에게 그 숫자가 행복의 척도라는 착각을 심어준다. 넓은 아파트 평수, 큰 자동차 배기량, 명품이라고 불리는 가방의 가격…. 그 숫자가 크면 클수록 잘사는 것이라는 생각이 만연한 사회 분위기는 계층 간 갈등을 증폭시킨다. 가장 심각한 문제는 숫자를 사람 그 자체에도 매긴다는 사실이다. 하지만 삶에는 그렇듯 몇 자리 숫자로 매길 수 없는 부분이 훨씬 많다.

앞에서 언급한 러스킨의 《나중에 온 이 사람에게도》에 나오는 이야기를 좀 더 해야겠다. 러스킨의 이 책 제목은 《성경》에 나오는 예수의 말에서 유래했고, 어떤 포도밭 주인이 아침부터 일한 사람에게도, 점심쯤 와서 일한 사람에게도, 그리고 오후 늦게 온 사람에게도 일이 끝난 후 똑같은 임금을 주었다는 내용은 이미 앞에서 말한 바 있다. 그 뒷이야기는 이렇게 이어진다.

당연히 아침부터 일한 사람이 항의를 했다. 하루 종일 일한 자신과 늦게 와서 겨우 몇 시간 일한 사람이 똑같은 일당을 받는 게 말이 되느냐고. 그러자 주인이 대답한다. 나는 너에게 약속한 일당을 주었다. 너를 속인 바가 없다. 너는 네 몫을 받았는데 뭐가 불만이냐. 한마디로 줄 돈을 줬는데 뭐가 문제냐는 것이다. 도대체 이 이야기의 교훈은 무엇일까?

부끄럽게도 나는 개신교 목사나 가톨릭 성직자들이 성서의 이 비유를 어떻게 해석하는지 잘 알지 못한다. 내 식으로 조심스럽게, 이 이야기를 통해서 예수가 말하려던 것을 유추해 볼 수는 있겠다. 생계를 유지하기 위해서 필요한 돈은, 우리가 일한 대가로 주어진 게 아니라는 것이다. 일을 하든 일을 하지 못하든 살기 위해 반드시 필요한 최소한의 돈이 있게 마련이다.

《성경》에는 모두에게 1데나리온이 지급되었다고 하는데, 데나리온은 화폐 단위로써 한 사람의 하루 일당을 뜻한다. 일을 찾는 모든 사람은 그날 1데나리온이 필요했을 것이다. 아침 일찍 일자리를 얻은 사람은 오늘 하루 공치지 않았다고 안심하며 일을 했을 것이다. 반면에 오후 늦게 일을 얻은 사람은 하루 종일 얼마나 마음고생을 했겠는가? 오늘도 공치면, 하루치 일당을 받지 못하면 그의 가족은 모두 굶을 수밖에 없다. 해가 지기 직전에야 요행히 일자리를 얻은 덕분에 가족은 이제 굶지 않아도 된다. 그러니 1데나리온은 단순히 1데나리온이 아니라 일용할 양식의 비유인 것이다.

우리는 숫자 매기기에 익숙해져서 이제 사람에게도 숫자를 매긴다. 그의 능력은 얼마, 그가 일한 결과는 얼마, 그 매긴 숫자대로 돈을 지불한다. 좋다. 자본주의는 그런 거니까. 능력 있는 사람은 더 받고 능력 없는 사람은 덜 받고. 하지만 아무리 그래도 가장 덜 받는 사람이 받는 돈은 그의 하루 일당, 즉 일용할 양식은 되어야 한다. 그것이 예수가 하려던 말이 아닐까?

게다가 우리는 어떻게라도 임금을 깎아서 덜 주려고 한다. 여기에 대해서도 예수는 한마디했다. 바로 산상수훈에 나오는 황금률의 윤리관, 네가 받고 싶은 만큼 다른 사람에게 해주라는 말씀이다. 자기가 받는 처지에서 얼마를 받으면 좋을까 생각하는 만큼 다른 사람에게 준다면 지금처럼 불평등이 심하지는 않을 것이다.

예수를 섬기는 종교가 번성한 여러 나라들의 하고많은 제자가 어쩌면 이렇게도 그 말씀을 지키지 않고 사는지 나로서는 잘 이해가 안된다. 그들의 삶이 우리의 삶과 근본적으로 어떻게 다른지도 잘 알지 못한다.

생명은 어디에나 있다
그러므로 삶은 계속되어야 한다

영민과 마지막 사막 길을 걸었다. 샘듄과 달리 다른 사람들의 발자국
은 전혀 찾아볼 수 없는 길이다. 길잡이로 우리를 앞서가고 있는 낙
타 발자국만 한 줄로 나 있었다. 그런데 자세히 보니 그곳에 낙타 발
자국 이외에 다른 발자국이 있었다. 마치 아주아주 작은, 몇 센티미
터 크기의 탱크 바퀴가 지나간 듯한 자국이었다. 그것은 작은 벌레
가 기어간 자국이었다. 그 자국 옆에는 아주 작은 떡잎이 하나 올라
와 있었다. 영민과 나는 그 옆에 섰다. 이 씨앗은 도대체 어디서 날아
와서 하필이면 이런 황량한 곳에 자리를 잡았을까? 주위를 둘러보니
몇백 미터 떨어진 곳에 몇 그루 나무가 보이기는 했다. 그곳에서 바
람을 타고 날아왔을까? 이놈은 이곳에서 잘 살아남을 수 있을까?
사막에는 아무것도 없는 줄 알았다. 그리고 사실 아무것도 없는 것처
럼 보인다. 하지만 자세히 보면 그곳에도 생명이 있다. 아주 작은 풀
들이 단단한 바위의 비좁은 틈새에 자리 잡고 있으며, 순찰이라도 돌
듯 사구 위를 끊임없이 돌아다니는 작은 벌레도 있다. 가만히 멈춰
있으면, 모래인지 돌덩어리인지 알 수 없는 도마뱀도 지나다닌다.

생명은 어디에나 있다. 아무리 척박한 땅일지라도 삶은 계속된다. 어쩌면 거친 환경이 오히려 천적으로부터 자신을 보호해주는 훌륭한 보금자리가 될 수도 있을 터이다. 이런 곳에서는 천적도 살기 힘들 테니까.

오후부터 우리가 걸어가는 길 주변이 점점 푸르게 변하고 있었다. 바닥은 여전히 모래였지만, 눈에 띄게 풀이나 작은 관목들이 늘어갔고, 방목해 키우는 염소 떼도 자주 만날 수 있었다. 이제 사막은 거의 끝

도마뱀과 새싹. 사막에도 생명은 있었다

나가고 있었다. 기특한 나무들이 듬성듬성 뿌리내린 작은 모래언덕을 돌아나가자 집이 서너 채 있는 마을이 나왔다. 돌을 대충 쌓고 나뭇가지로 지붕을 얹은 엉성한 집들이었다. 한두 집 기웃거려 보았으나, 벽이 허물어진데다 사람의 기척이라곤 없는 빈집이었다. 그런데 맨 마지막 집에서 웬 남자가 나왔다.

라듀를 시켜 집 구경을 할 수 있느냐고 물었다. 약간의 돈을 건넨 후 남자의 허락을 받을 수 있었다. 갑자기 남자는 먼저 안으로 들어가더니 모자를 갖추어 쓰고 나왔다. 그러고는 정식으로 우리를 맞아주었다. 남자의 안내로 그저 막대기 하나 걸쳐놓았을 뿐인 대문을 지나 집 안으로 들어갔다. 남자는 부엌 같은 곳을 보여주었다. 화덕이 하나 있고, 밥을 해먹은 그릇이 바닥에 몇 개 놓여 있었다. 그곳이 아홉 식구가 사는 이 집의 거의 유일한 실내 공간이었다. 잠은 그냥 마당에서 간이침대 같은 것을 깔고 잔다고 했다.

토굴 같은 창고 겸 부엌 겸 응접실 외에 특별히 보여줄 것도 없는 집을 안내하면서도 남자의 표정은 밝았다. 이런 사막에서 이방인을 만나서 즐거운지, 뜻밖에 돈을 손에 쥐게 되어 반가운지 알 수 없었다. 만약 돈이 이유라면 우리 돈 몇천 원으로 이 남자를 즐겁게 해준 셈

사막의 민가. 그곳에도 사람이 살고 있다

이다. 노자老子는 족함을 아는 사람이 부자라고 했다. 내가 100억을 가지고 있어도 1,000억을 가지고 싶다면 결코 부자가 아닐 것이다. 내가 단돈 만 원을 가지고 있어도 그것에 만족하면 나는 부자다. 사실 생명을 유지하는 데는 그렇게 많은 물질이 필요하지 않다.

사막에서 만난 남자는 비를 피할 작은 움막, 그릇 몇 개 그리고 양 몇 마리면 아홉 식구를 건사하는 데 별 부족함이 없어 보였다. 물론 비가 거의 안 오니 큰 지붕도 필요 없고, 어차피 전기가 없으니 냉장고, TV가 필요 없을 것이다. 그가 그것 없이 살 수 있다면 우리인들 그것 없이 살 수 없겠는가.

우리가 도달해야 할 곳

이정표도 포장도로도 없지만 그래도 목표와 방향이 있고, 그것이 곧 사막의 길이다. 사막에서의 목표는 살아남는 것이다. 열악한 환경 속에서, 그럼에도 불구하고 버티는 것이다. 꼿꼿이, 거룩하게. 그것이 바로 우리 인생이 걸어서 도달해야 할 지점이다.

사막에서의 마지막 밤을 보낼 캠프에 도착했다. 라듀는 캠프장에서

30분 정도 가면 자신의 집이 있다며 저녁에 낙타 여섯 마리를 데리고 우리를 떠났다. 남은 우리들끼리 사막에서의 마지막 저녁을 먹었다. 이제는 모래가 안 씹히면 먹는 게 먹는 것 같지 않다.

사막의 사람들

10

일

차

상처는 아물고 새살은 돋는다.

강자의 세상에서 상처를 입고 낮은 곳으로 쫓겨난 사람들의 마음에 생긴 상처도

언젠가는 아물어 딱지가 앉는다. 그 딱지가 떨어지면서 만든 흉터도 차츰 엷어진다.

그리하여 즐거웠든 괴로웠든, 모든 지난 일들은 우리 마음속에서 추억이 된다.

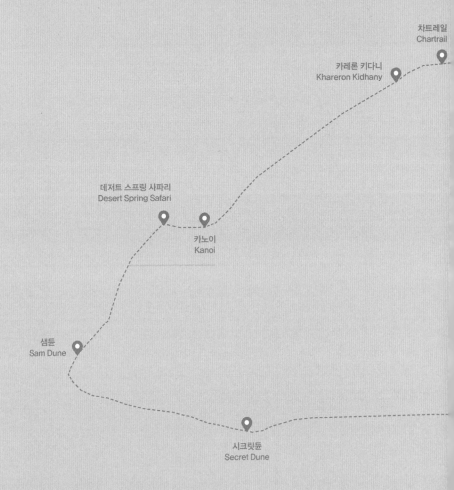

차트레일
Chartrail

카레론 키다니
Khareron Kidhany

데저트 스프링 사파리
Desert Spring Safari

카노이
Kanoi

샘듄
Sam Dune

시크릿듄
Secret Dune

10일 차 이동 경로 **출발** 인도 물사가르 Moolsagar, India

도착 인도 자이살메르 Jaisalmer, India

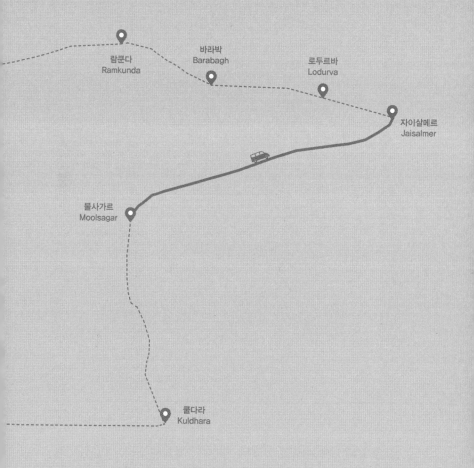

람쿤다
Ramkunda

바라박
Barabagh

로두르바
Lodurva

자이살메르
Jaisalmer

물사가르
Moolsagar

쿨다라
Kuldhara

사막에서의 마지막 아침식사 직후 가이드 대장이 에어컨 바람이 나오는 세단을 타고 우리를 데리러 왔다. 물사가르에서 자이살메르까지는 차로 20분 정도 거리다.

새살은 돋고

사막에서의 마지막 밤을 보냈다.

아침을 먹고 우리를 데리러 올 차를 기다리면서 짐을 꾸리고 있을 때 뜻밖의 손님들이 찾아왔다. 라듀의 마을에서 온 아이들이었다. 라듀 는 2남 1녀를 두었다. 그중 큰아들과 막내딸이 마을 아이들과 함께 우리 캠프를 찾아온 것이다.

큰아들은 대여섯 살쯤으로 보였는데, 열한두 살쯤 돼 보이는 동네 형 들과 함께 의젓하게 걸어서 왔다. 이제 막 돌 지난 막내딸아이는 염 소 떼를 치는 동네 언니의 품에 안겨 있었다. 서너 살밖에 안 된 둘째 아들은 형들을 따라 걸어오기에는 아직 어리고, 누나에게 안겨 오기에는 애매한 나이라 같이 오지 못한 것 같았다. 역시 어정쩡한 게 제일 안 좋다.

알아야 사랑스럽다

어떤 시인이 그랬던가? 알아야 사랑스럽다고. 일주일 동안 라듀와 사막을 함께 건너면서 간간이 아이들 이야기를 들어서인지 여러 아이 중에서 라듀의 두 아이가 유독 사랑스럽게 느껴졌다. 인지상정이란 그런 것이리라.

라듀의 딸은 동네 언니의 품에 안겨서 내가 다가가기만 해도 고개를 돌리며 낯을 많이 가렸다. 라듀의 딸을 데리고 온 동네 언니는 겨우 열두 살이 되었을까 말까 한 소녀였다. 소녀는 가냘픈 몸으로 한팔로는 어린 것을 안고, 다른 손에는 회초리를 들고서 우리를 신기한 듯 빤히 쳐다보다가 염소들이 말썽을 부리면 회초리를 휘두르고 소리를 지르며 염소들에게로 뛰어갔다.

아이들은 낯선 얼굴의 동양인을 보는 것만으로도 신기해했다. 함께 온 사내 녀석들 역시 수줍어하며 우리에게 가까이 다가오지 못하고 멀리서 신기한 듯 쳐다보고만 있었다. 촬영팀 박 감독이 아이들을 모아서는 촬영용 드론을 하늘에 날리고 드론에서 전송되어 오는 영상을 보여주며 아이들의 호기심을 충족시켜 주었다.

나도 라듀의 아이들에게 뭔가를 해주고 싶었다. 그런데 아무것도 해줄 만한 것이 없었다. 이번 여행에 철저히 빈손으로 오자고 마음먹었으니 가진 것이 있을 턱이 없었다. 아예 집에서 나올 때 버스카드만 들고 나왔다. 사막에서 나와 유일하게 말이 통하던 라듀의 어린 아들에게 용돈이라도 좀 주고 싶었지만 주머니사정이 그런지라 궁여지책으로 제작팀이 비상식량으로 준비했다가 남은 초코바를 몰래 챙겨서 라듀의 아들과 같이 온 형들에게 주었다.

아이들은 언제나 우리의 희망이며, 우리의 대화 주제다. 영민과도 라듀와도 많은 이야기를 나누었지만 그 끝은 꼭 아이들 이야기였다.

그들도 곧 세상이 호락호락하지 않다는 것을 깨닫게 되겠지만, 아직은 새로운 것에 호기심을 가지고 신기해하며 조심스럽게 다가가는 것을 보면 귀엽고 대견하다. 우리도 이 아이들처럼 아이였다는 점에서 그들은 언제나 우리의 과거이며, 이 아이들도 언젠가 우리처럼 어른이 될 것이라는 점에서 그들은 우리의 미래이기도 하다.

사막 위의 두 남자

라듀의 딸과 동네 언니. 아이들은 늘 우리의 미래다

아이들과 즐거운 시간을 보내고 있는데 우리를 태우고 갈 차가 도착했다. 우리를 자이살메르로 실어다 줄 차편이었다. 그들은 우리가 자이살메르에 들어가면 곧장 호텔로 가서 쉴 수 있게 조치해두었다고 한다. 체크인하기에 이른 시각이긴 하지만 고맙게도 미리 양해를 구해놓았다는 것이다. 1주일간의 사막 생활을 청산하고 드디어 문명 세상으로 돌아간다. 사막에서는 스마트폰도 작동하지 않아 세상 소식을 접할 수도, 세상에 소식을 전할 수도 없었다.

차로 30분쯤 달려가자 우리가 며칠 전 묵었던, 그 궁전처럼 으리으리한 호텔에 도착했다. 우리는 각자 배정받은 방으로 들어가 짐을 풀었다. 에어컨이 작동되는 방은 쾌적했고, 수영장을 채운 물은 깨끗했으며, 침대는 푹신했다. 나는 사막에서부터 입고 있었던 구르타와 파자마를 벗고 서울에서 출발할 때 입었던 옷으로 갈아입었다. 1주일 내내 신고 다니던 샌들도 벗었다. 물집이 잡히고 터진 자리에 또 물집이 잡혀 엉망이었으나 어느새 들뜬 껍질이 벗겨지고 새살이 올라오고 있었다. 며칠간 제 몫을 다해준 발도, 샌들도 고마웠다.

상처는 아물고 새살은 돋는다. 강자의 세상에서 상처를 입고 낮은 곳으로 쫓겨난 사람들의 마음에 생긴 상처도 언젠가는 아물어 딱지가 앉는다. 그 딱지가 떨어지면서 만든 흉터도 차츰 엷어진다. 그리하여 즐거웠든 괴로웠든, 모든 지난 일들은 우리 마음속에서 추억이 된다. 사실 우리의 고통들은, 그리고 그 수많은 걱정은 지나고 나면 아무 일도 아닌 경우가 허다하다. 캐나다의 베스트셀러 작가 어니 젤린스 키가 《모르고 사는 즐거움》에서 걱정을 분류한 대목을 보면 공감이 간다. 그의 말에 따르면 우리가 하는 걱정의 40%는 절대로 현실에서 일어나지 않을 일이라는 것이다. 그리고 나머지 중에서도 30%는 이미 일어난 일에 대한 걱정이고, 22%는 그저 사소한 고민거리에 지나지 않으며, 4%는 우리의 힘으로 어쩔 수 없는 일이라고 한다. 결국 우리가 안고 있는 걱정의 4%만이 실제로 우리가 바꿔놓을 수 있는 일이라는 것이다. 그렇다. '지나고 나서 보니 별일이 아니더라'라고 하는 경험이 우리 모두에게 있다. 지혜의 아이콘 솔로몬 왕자의 제언으로 다윗 왕이 반지에 새긴 글귀도 있지 않은가.

'이 또한 지나가리라.'

이 말은 동서고금을 막론하고, 진리다. 시간이 약이다.

호텔 식당에 모인 우리는 모처럼 제대로 차린 식탁을 보자 식욕이 왕성해졌다. 사막에서의 식사도 나쁘지 않았지만 사람의 입맛이란

간사한 법이어서 우리는 각자 앞에 나온 음식을 만족스럽게 먹어치
웠다.

오후 일정은 자이살메르 시내 구경이었다. 또다시 무질서하고 냄새
나는 도로 위의 차 안에 앉아 있으려니 사막을 떠났다는 게 실감이
났다. 자이살메르에도 중간 기착지였던 조드푸르의 메헤랑가르 성
과 건축 양식이 비슷한 커다란 성채가 중앙에 위치하고 있었다. 메헤
랑가르 성보다 규모는 약간 작았다. 지금은 비워둔 채 관광 장소로만
쓰이는 메헤랑가르 성과는 달리 자이살메르의 성 안에는 아직도 사
람이 살고 있다고 한다.

성 안에는 가게도 있고, 사람들이 사는 집들과 관광객들을 위한 게
스트하우스도 있었다. 성의 한가운데 왕들이 살던 곳은 입장료를 받
고 관광객을 들였다. 성은 전체가 요새였다. 성문을 들어서면 높은
벽들로 에워싸인 좁은 골목길을 지나야 광장으로 나아갈 수 있는데,
용케 성문을 돌파한 적들이라도 이 좁은 골목길에서 쉬운 표적이 되
었을 것 같다. 높은 담벼락 위에서 돌이나 창, 화살 또는 뜨거운 물
이나 기름을 붓는다면, 좁은 골목길에 갇힌 적군은 살아남기 힘들었
을 것이다.

자이살메르 성의 외곽.
시간이 흘렀어도 견고함은 사라지지 않았다

자이살메르 성의 거리, 그곳에는 여전히 사람이 살고 있다

사막 위의 두 남자

그나마도 용케 골목을 빠져나와 건물로 들어서더라도 거기에는 더 큰 난관이 기다리고 있다. 건물들의 계단은 한 사람이 겨우 지나다닐 정도로 좁고, 문들은 고개를 숙여야 지나갈 수 있을 정도로 나지막하다. 문을 통과하기 위해 허리를 숙인 채 목을 들이밀면 반대쪽에서 기다리고 있던 병사들이 칼로 목을 쳤다고 한다. 그들이 그렇게 지키고 또 빼앗으려고 했던 것은 무엇이었을까? 진귀한 보물들이었을까? 아니면 생존을 유지하는 데 필요한 최소한의 재화였을까? 아니면 사막에서의 삶을 유지해 나갈 권위나 명예였을까? 그들의 보물이었다고 전시된 유물들을 보면서 인간의 탐욕이 참 어이없고 보잘것없다는 생각이 들었다. 고작 저 몇 개의 반짝이는 돌을 위해 그렇게 치열하게 싸웠단 말인가?

비바람 불지 않는 인생이 어딨겠는가

자이살메르 성을 나와 숙소로 돌아왔다. 호텔에는 어느 나라 말인지 알 수 없는 언어를 사용하는 서양 노인들로 붐볐다. 다들 70대는 족히 넘어 보이는 노인들이 여기 멀리 인도의 사막까지 관광을 온 것이다. 노년에 안락한 휴양지를 두고 거칠고 황량한 사막으로 관광을 오겠다는 발상이 놀랍고 신선했다. 하기야 시설 좋은 호텔에서 묵고, 샘듄에서 낙타를 타고 대형 리조트 텐트에서 잔다면 그리 고생스럽지는 않으리라. 그래도 지중해의 휴양지에 비하면 여러모로 불편할 텐데도 이곳을 택했다는 점을 생각하면 참 대단한 분들이구나 싶었다.

저분들도 인생의 우여곡절을 겪었으리라. 비바람 불지 않는 인생이 어디 있겠는가. 따뜻한 봄 햇살 같은 날들 사이사이에 때로는 슬픔이 끼어들고, 때로는 분노와 절망이 해일처럼 밀려들었으리라. 그 모든 시간을 지나 이곳에 당도한 것이리라.

인생의 고비를 잘 넘는 법을 배우고 익힌다면, 남아 있는 50년을 재미있게 살 수도 있겠다는 생각이 들었다. 아니 오히려 가파른 산길을 올라야 하는 산에서의 생활보다 평지에서의 생활이 더 편안할지도 모른다. 이제는 평지에서, 또 사막에서 살아나가는 법을 배우고 익혀야 한다. 언제까지 산에만 머무를 수는 없지 않은가? 인류도 나무에서 내려와 사바나에 섰을 때 비로소 원숭이에서 인간이 되었다. 산에서 내려와 사막에 섰을 때 비로소 스스로의 인생을 오롯이 자기만의 것으로 만끽하며 살아갈 수 있을 것이다. 어떤 조직의 구성원이 아니라 순수한 개인, 자연인 아무개로서 살아가야 하는 곳, 그곳에서 우리는 진정한 '나'가 될 수 있을 것이다. 그렇게 산을 내려와 사막을 건너 아직도 절반이나 남은 인생을 살다가 저 외국 노인들처럼 이곳에 다시 한 번 와보고 싶다.

물이 귀한데다 그나마도 깨끗하지 않은 타르 사막을 막 떠나온 탓인지, 호텔 수영장은 그냥 지나치기 아까웠다. 물이 너무 맑아 괜히 몸을 담가보고 싶었다. 수영복을 준비하지 못해서 그냥 반바지를 입고 물에 들어갔다. 수영 모자는 쓰지 않아도 된다고 했다. 서울에서는 반드시 물안경을 끼고 수영을 했었는데, 여기선 물안경도 없다. 물에 들어가 조심스레 눈을 떠보았다. 생각보다 불편하지 않았다. 소독약을 사용하지 않은 듯 냄새도 없고 눈도 전혀 따갑지 않았다. 물속에서 천천히 여유 있게 수영을 하면서 사막에서 쌓인 때와 피로를 풀었다. 진짜 사막은 이제 모두 건넜다. 이제부터는 내가 살아가야 하는 삶의 사막에 다시 서야 한다.

자이살메르 성

11

일

차

매킨리나 에베레스트 같은 산에서는
캠프에서 캠프로 이동하면서 짐을 잔뜩 지고 올라간다.
심지어 현지 포터들을 고용해서
어마어마한 양의 짐을 모두 지우고 가 베이스캠프를 차린다.
그러나 사막에서 많은 짐은 죽음을 가져올 뿐이다.

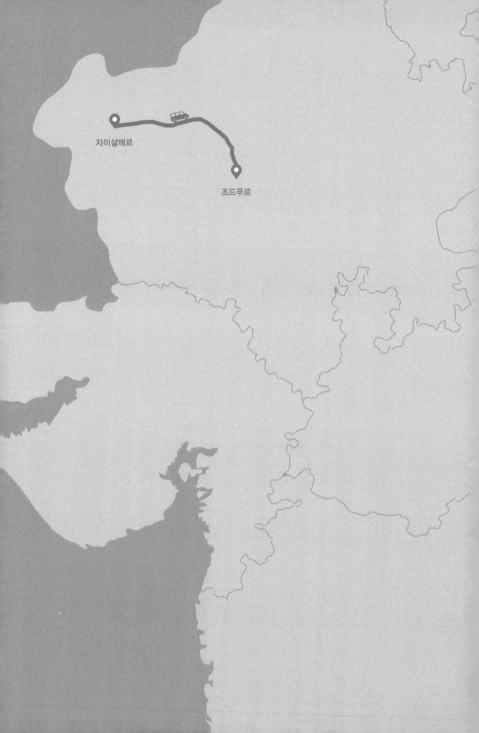

자이살메르

조드푸르

11일 차 이동 경로　　_{출발} 인도 자이살메르 Jaisalmer, India

　　　　　　　　　　　　_{도착} 인도 조드푸르 Jodhpur, India

3일 차 일정의 역방향 일정이다. 286km의 거리를 에어컨 바람이 나
오는 쾌적한 미니버스로 6시간 걸려 이동했다.

도로가 왕복 2차선에 불과하고, 차뿐만 아니라 소와 사람이 함께 통
행해 시간이 많이 소요되는데, 기차를 이용할 경우 자이살메르에서
조드푸르까지 5시간 10분에 이동할 수 있다고 한다.

이제는 버려야 할 때

| | 원 자

아침 일찍 우리를 태우고 갈 미니버스가 도착했다. 이제 정말로 사막을 떠날 때가 온 것이다. 진짜 사막을 떠나 사막보다 더 삭막한 현실이 기다리고 있는 우리 삶의 터전으로 들어가야 한다. 벌써부터 타르 사막이 그리워지기 시작한다.

막 출발하려는데 촬영팀 박 감독이 얼굴이 사색이 된 채 분주히 왔다 갔다 했다. 아무리 찾아봐도 여권이 안 보인다는 것이다. 일행이 모두 나서서 방을 뒤지고 가방 여기저기를 찾아보아도 여권은 나오지 않았다. 가이드 싱에게 이런 경우 응급조처 방법을 물으니 뉴델리에 있는 한국대사관에서 재발급을 받을 수는 있으나 며칠 시간이 걸릴

사막 위의 두 남자

거라고 했다. 모두 모여 미처 찾아보지 못한 곳에 대해 저마다 의견을 냈지만 말하는 족족 이미 다 찾아보았다는 것이다. 박 감독은 패닉 상태에 빠진 듯 허둥대기만 했다.

어려움은 의외로 쉽게 해결되기도 한다

'패닉'이라는 단어의 느낌을 나는 안다. 아주 곤란한 일이 생기면 재빨리 머리를 굴려 새로운 아이디어를 짜내야 하는데, 그만 뇌의 모든 기능이 딱 멈춰버린다. 그야말로 일시정지가 되는 것이다. 요즘 아이들 말로는 '멘탈 붕괴'. 패닉은 그런 상태다. 머릿속이 백지처럼 하얘진다는 말이 딱 맞다. 그럴 때는 누군가 옆에서 도와주어야 한다. 제대로 된 사고를 할 수 없게 된 사람을 대신해서 '생각'이란 걸 해줘야 한다. 이를테면 모든 가능성을 열어두고, 모든 경우의 수를 찬찬히 점검할 것.

우리는 박 감독의 손가방이나 카메라 가방 등을 들쑥날쑥 짚이는 대로 뒤지는 것에서 그치지 않고, 큰 트렁크를 싹 다 비운 뒤 차근차근 짐을 새로 챙겨 넣으면서 사라진 여권을 찾아보기로 했다. 박 감독은 자신이 두 번이나 다 비우고 다시 싸면서 하나하나 확인해 보았다고, 그러니 소용없을 거라고 풀이 죽어 말했다. 하지만 딱히 다른 방법이 있는 것도 아니어서 한 번 더 그렇게 해보기로 했다.

트렁크의 짐을 다 비우자 여권은 의외로 쉽게 찾아졌다. 트렁크 밑바닥, 안전 주머니 기능으로 만들어놓은 작은 공간에서 여권이 나왔다. 자기 딴에는 안전하게 보관한답시고 여러 날 전에 그곳에 넣어두고는 까맣게 잊고 있었던 것이다. 귀중한 물건을 잘 둔다고 깊이 넣어두고는 정작 필요할 때 어디에 두었는지 찾지 못한 경험이 누구에게나 한 번쯤 있게 마련이다.

곤경에 처한 때일수록 주위 사람들의 의견을 들어야 하고, 주위 사람들 또한 강 건너 불구경하듯 하지 말고 적극적으로 의견을 내야 한다. 그런데 말이 쉽지, 어려울 때 누군가 이래라 저래라 충고를 해주면 고맙기보다는 짜증부터 확 나는 게 사실이다. 자신은 곤란해 죽겠는데 옆에서 쓸데없는 잔소리나 하는 것으로 들린다. 그럴 땐 꼭 불난 집에 부채질하는 것으로 느껴진다. 아닌 게 아니라 실제로도 주위 사람들의 조언이라는 게 불난 집에 부채질하는 내용이 많긴 하다. 그런 조언 내지 훈수는 대개 비난으로 시작한다.

"그러게 내가 뭐랬어?"

"좀 더 신중했어야지."

그러나 어려움에 빠진 사람에게 필요한 건 비난이 아니라 문제의 해결이다. 위로와 격려도 필요하다. 대뜸 비난이나 비판으로 시작하는 충고는 서운함과 반발심만 불러일으킬 뿐이다. 곁에서 보기에 답답하다고 해서 불쑥 하고 싶은 말부터 뱉을 게 아니라 문제의 해결방안을 찾을 수 있도록 머리를 맞대는 것이 우선이다. 그래도 입이 근질근질하다면 문제가 원만히 해결된 다음에 비판이든 지적이든 얼마든지 할 시간이 있을 것이다. 그때는 당사자도 웃으면서 받아들일 수 있는 여유가 생긴다.

'우는 아이 젖 준다'는 속담이 있다. 만약 내가 어려움에 빠졌다면 주변 사람들에게 자문이나 조언을 구하는 데 주저하지 말아야 한다. 곤란한 지경에 처한 당사자는 바로 눈앞에 번히 보이는 해결책도 안 보일 때가 많다. 본인을 대신해서 냉철하게 문제점을 짚어줄 만한 사람들의 말에 집중해야 한다. 바둑도 원래 곁에서 훈수를 두는 사람이 판의 흐름을 더 잘 읽는 법이다. 일종의 브레인스토밍 형식의 많은 의견이 나오다 보면 희한하게도 그중 쓸데없는 것 같은데도 좋은 아이디어가 하나쯤은 나오게 마련이다. 여권을 찾고 나서 우리는 박 감독을 놀렸다.

"그러게 뭐랬어? 이 바보 같은 박 감독아!"

박 감독은 그저 허허 웃으며 뒤통수만 긁적였다.

박 감독을 실컷 놀리며 우리는 버스에 올랐다. 올 때와는 달리 이번에는 에어컨까지 잘 돌아가는 제법 신식 버스였다. 우리는 이 버스를 타고 다시금 조드푸르를 향해 소와 사람과 차들이 뒤섞여 있는 고속도로를 6시간 정도 달리게 될 것이다.

한참을 달렸건만, 창밖으로는 모래언덕과 돌투성이 광야가 끝없이 펼쳐졌다. 드문드문 메마른 대지를 뚫고 올라온 관목들이 거의 유일한 볼거리였다. 사막에서 나와 어제 하루는 푹 쉰다고 쉬었는데도 아직 피곤이 가시지 않았다. 이동하는 동안 차 안에서 잠이라도 좀 자두면 좋을 텐데, 너무 피곤해서 그런지 눈을 감아도 통 잠이 오지 않는다.

힘을 뺄 줄 아는 용기

나이를 먹어가면서 잠자는 일조차 쉽지가 않다. 업어가도 모르게 잘 수 있는 아이들이 부럽다. 힘든 훈련을 마치고 점호가 끝나기 무섭게

한 내무반 60여 명의 훈련병이 전원 코를 골고 자던 1986년 10월 논산훈련소 29연대의 구형막사가 그립다. 젊을 때는 힘이 넘쳤다. 손아귀에 들어오는 것이라면 무엇이든 꽉 붙잡을 수 있었다. 그 시절에는 계곡을 가로질러 쳐놓은 밧줄을 붙잡고 이쪽에서 저쪽으로 건너가는 유격훈련도 너끈히 할 수 있었다.

지난 50년간 우리 세대는 무엇이든 움켜쥐려고 아등바등 살았다. 돈이든 명예든 성공이든 그 무엇이든. 심지어 가족과 친구들까지도. 그러나 이제 손의 악력은 만원 버스 안에서 버스 손잡이를 꼭 그러쥐기에도 버겁다. 손의 힘이 풀려 그동안 잡고 있던 모든 것이 손아귀에서 스르르 빠져나간다. 그럼에도 불구하고 우리는 나이가 들수록, 삶이 고단할수록 더더욱 두 주먹을 불끈 쥐는 경향이 있다. 물론 그것은 열심히 살아보겠다는 의지의 표현이 될 수도 있으나, 또한 괜한 고집 내지는 아집으로 비칠 수도 있으리라. 그러니 이제는 주먹을 펴야 한다. 그래서 그 주먹 속에 마지막까지 움켜쥐고 있던 알량한 동전 한 닢마저 놓아버려야 한다.

이것을 놓치지 않으려고 아등바등할 때 우리는 추하다는 손가락질을 받는다. 젊은 세대에게서 꼰대 소리를 듣는다. 이제는 하나둘 내려놓자. 체력, 명예, 직장, 아이들…. 우리가 아무리 붙잡고 있으려고 고집을 부려도 그것들은 우리 곁을 떠날 테니. 자의가 아니라 타인의 힘에 굴복해 우리가 그토록 붙들려고 하는 것들을 잃게 된다면 우리는 더욱 비참한 모습으로 남게 될 테니. 그렇게 모양 빠지게, 그렇게 속절없이 빼앗기기 전에 내 손으로, 나의 의지로 하나씩 내려놓자. 매킨리나 에베레스트 같은 산에서는 캠프에서 캠프로 이동하면서 짐을 잔뜩 지고 올라간다. 심지어 현지 포터들을 고용해서 어마어마한 양의 짐을 지우고 가 베이스캠프를 차린다. 그러나 사막에서 많은 짐은 죽음을 가져올 뿐이다. 처음 배낭여행을 떠나는 사람이 배낭에 이것저것 잔뜩 재워 넣고 이고지고 길을 나서는 것처럼 처음 사막에 나서는 사람도 불안한 마음에 이것저것 잔뜩 짐을 꾸리려고 한다. 그러나 많은 짐은 사막을 건너는 일을 고통스럽게 할 뿐이다. 꼭 필요하지 않은 것은 다 버려야 한다.

삶에서도 마찬가지다. 무조건 주워 모으는 것보다 잘 내다버리는 것이 가장 좋은 생존 전략임을 깨달아야 한다. 그리고 힘을 뺄 것. 테니스를 배울 때도, 골프를 배울 때도, 그리고 악기를 배울 때도 선생님들 역시 같은 주문을 했다. '힘을 뺄 것.' 초보 때는 자기도 모르게 쓸데없는 부위에 힘이 잔뜩 들어가곤 하니까.

나는 군대를 제대한 뒤 바로 운전면허를 땄다. 하지만 아버지는 한동안 차 키를 내주지 않으셨다. 몇 달이 지난 어느 날 대전의 큰집에 가게 되었는데, 그날 아버지는 작은아버지들과 평소 잘 안 드시던 술을 드셨다. 나는 그날 밤 서울까지 올라오는 차를 운전했다. 시내 연수를 받긴 했지만 고속도로 운전은 처음이었다. 그것도 야간에. 기어를 바꿀 일도 별로 없고(당시 차는 수동 변속 차량이었다), 차선을 바꿀 일도 별로 없어 그저 똑바로만 가면 되는 것이라, 고속도로 주행이 시내 주행보다 더 쉽다고 생각하며 어쨌든 서울까지 왔다. 그렇지만 그날 밤 나는 양 어깨가 너무 아파서 잠을 설쳤다. 고속도로 주행이 별것 아니라고 생각했지만 사실은 핸들을 잡은 팔에 잔뜩 힘을 준 채 2시간 가까이 운전한 탓에 근육이 뭉친 것이다.

물론 힘을 빼기가 말처럼 쉽지 않다. 힘을 뺀다는 게 정확히 어떤 의미인지 이해가 안 되어서이기도 하고, 자신도 모르는 새 힘이 들어가 있는 걸 자신은 느끼지 못하기 때문이기도 하다. 유명 오케스트라 단원인 어떤 연주자도 악기를 연주할 때 힘을 빼라는 스승의 말씀을 이해하는 데 20년이 걸렸다고 고백한 적이 있다. 그런데 참 희한하게도 힘을 빼면 골프공이 더 멀리 그리고 정확히 날아간다. 테니스의 스윙도 힘을 빼면 더 부드러워지고 공을 내가 원하는 방향으로 빠르게 보낼 수 있다. 악기에서는 더 크고 아름다운 소리가 난다.

그렇다면, 우리의 삶도 힘을 빼는 방법을 터득하면 더 나아지지 않을까? 오케스트라 연주자가 힘을 빼는 데 꼬박 20년이 걸렸다는데, 우리는 그 두 배도 넘는 삶을 살지 않았는가. 아직도 사는 데 잔뜩 힘을 주고 있는 게 아닌지 생각해 봐야 한다. 그래서는 어깨가 결려서 제대로 잠을 잘 수 없다. 초보자처럼 잔뜩 힘이 들어간 채 삶을 살아내기 때문에 나이 어린 사람들이 꼰대라고 흉보는 것이다. 한마디 덧붙이자면, 우리는 우리 자신을 버려야 한다는 것. 나에게 너무 엄격한 잣대를 들이대지 말자는 말이다. 그래, 나 자신에게 좀 관대해지면 어떠냐. 스스로 너무 심하게 자책하지 말자고. 내가 어쩌다 이 지경이 됐는지 가슴팍을 두들기거나 머리털을 쥐어 뽑지 말자고.

적극적으로 나를 위로할 것

어떤 작가가 이런 말을 했다. 자기 딸이 어떤 실수를 해서 속상해하기에 딸을 위로해주다가 내가 내 딸을 사랑하는 만큼 나 자신을 사랑해준다면 얼마나 좋을까 하는 생각이 들었다는 것이다. 실수를 한 아이에게는 따뜻한 위로의 말을 건네면서도 힘겨운 세상에 지친 자기 자신은 왜 이렇게 가혹하게 대하는 걸까, 하고 말이다.

세상의 중심에서 밀려났을 때 가장 크게 상심하는 사람은 그 누구도 아닌 자기 자신이다. 그런 자신을 너무 엄격하게 대하지 말고 따뜻한 위로를 건네는 건 어떨까? 세상의 변두리에도 사람이 산다. 적도나 극지, 혹은 사막처럼 살기 팍팍한 곳에도 사람이 산다. 그리고 사막이나 극지에 사는 사람들은 친절하다. 가령, 사막의 유목민들이나 알래스카의 에스키모처럼 극한 지방에 사는 사람들은 문명의 도회에서 사는 사람들보다 더 친절하게 나그네를 대한다. 그곳의 여건이 워낙 혹독하기 때문에 어려움에 처했을 때 도와주는 사람이 없으면 죽을 수밖에 없고, 자신도 언제든지 그런 어려움에 처할 수 있다는 걸 잘 아는 까닭이다.

자기가 못나서 변두리로 밀려났다고 자책하지 말자. 자신이 부족해 홀로 황막한 광야를 서성이게 되었다고 자책하지 말자. 인간은 누구나 이곳으로 오게 되어 있으며, 이곳에서 사람으로 완성될 것이다. 이곳도 살 만한 곳이다. 세상의 가장자리에, 현실의 사막에 선 많은 사람이 극단적인 생각을 한다. 아니 대부분 한 번쯤은 그런 생각을 했을 것이다. 다만 실행할 용기가 없었을 뿐이다. 사방 아무것도 보이지 않는 어둠 속을 벗어나기 위해 마침내 스스로를 죽인 사람들을 보면서, 그들처럼 아뜩한 나락으로 떨어져 보지 않은 사람들은 함부로 말하곤 한다. 죽을 용기로 살면 살 수 있을 텐데 왜 그러느냐고. 하지만 그건 모르는 소리다. 정말 죽을 용기를 낼 수 있는 사람만이 자기를 죽이는 것이다.

그렇다고 용기를 가지고 극단적인 선택을 하라는 말은 아니다. 인생의 사막에 섰을 때 자책하지 말고 자기 자신을 적극적으로 사랑해주고 위로해주자는 말이다. 다른 사람들이 위로해주기를 기다리지 말고, 자기가 자기를 따뜻하게 위로해주면 되지 않겠는가?

우리를 태운 차는 어느덧 조드푸르에 도착했다. 조드푸르에서도 사막에 가기 전에 들렀던 호텔에 묵었다. 규모가 크지는 않았지만 멋진 터번과 고풍스러운 복장의 컨시어지가 품격 있는 서비스로 반겨주는 그런 호텔이었다. 호텔 컨시어지는 웃음 띤 얼굴로 손님을 대했지만 허리를 지나치게 깊이 숙이지도, 헤프게 굴지도 않았다. 마치 대저택의 집사가 손님을 맞는 듯한 품격이 느껴졌다. 나는 인도 북서부의 지방 도시 조드푸르에 있는 이 작은 호텔이 무척 마음에 들었다. 호텔 컨시어지를 비롯한 직원들의 서비스에서 진심이 느껴졌다. 더군다나 이 호텔은 무료 와이파이가 제공되는 곳이었다.

사막 위의 두 남자

나는 와이파이 아이디와 비번을 받고, 일주일 넘게 꺼져 있던 스마트폰을 켰다. 기대와 달리 스마트폰이 꺼져 있던 지난 8일간 특별한 일은 일어나지 않았다. 나를 원하는 세상과 내가 원하는 세상 간에 원하지 않은 거리감이 느껴졌다. 웬지 조금쯤 서글프고, 쓸쓸했다. 잠깐 시내 구경이라도 하면 어떨까 싶었다. 하지만 사막에서 찍어온 영상들을 확인하느라 분주한 제작팀에 한가로운 소리를 꺼내기가 미안했다.

별수 없지. 나는 호텔방에 틀어박혀 애꿎은 스마트폰만 만지작거렸다. 그러고는 쓸데없는 사이트를 들락날락거리면서 시간을 보냈다. 그렇게 인도에서의 마지막 밤이 지나고 있었다.

우리가 묵었던 호텔

12

일

차

어려움은 나만의 전유물이 아니고, 삶은 원래 고통스러운 것이다.

하지만 '그럼에도 불구하고' 삶은 기꺼이 살아내야 할 가치가 있다.

그것은 신이 우리에게 내린 고결한 명령이다.

삶을 살아내는 것이야말로

모든 생명 있는 것들에게 주어진 유일한 의무일지도 모른다.

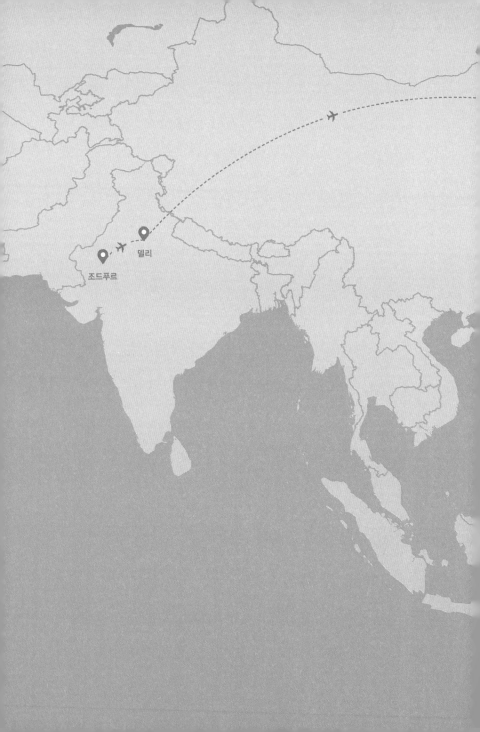

조드푸르　델리

대한민국

12일 차 이동 경로
출발 인도 조드푸르 Jodhpur, India
경유 인도 델리 Delhi, India
도착 대한민국 인천(익일) Incheon, Korea

조드푸르에서 인도항공 AI476편으로 한 시간 걸려 오후 1시 20분 델리에 도착했다. 늦은 점심을 먹고 인도문을 관광하고 밤 11시 15분에 출발하는 홍콩 경유 인천행 비행기에 탑승. 익일 낮 12시 30분 인천공항에 내렸다.

죽은 자는 죽고, 산 자는 산다

1 2 일 차

인도는 내가 꼭 한 번 가보고 싶었던 나라였다. 거대한 땅덩어리, 너무나 이국적인 풍광 그리고 많은 사상가와 명상가들이 태어난, 뭔가 영적인 기운이 느껴지는 분위기. 이 매력적인 나라 인도를 언젠가는 꼭 가보리라 마음먹고 있었다. 그리고 드디어 인도 땅을 밟게 되었다. 하지만 이번 여행은 사실 인도 여행이 아니었다. 인도라면 꼭 가봐야 하는 유명한 곳들, 예를 들어 타지마할이라든지, 바라나시, 뭄바이 같은 곳 근처에도 가보지 못했다. 인도 대사막이라고도 불리는 타르 사막을 일주일 동안 헤매고 돌아다닌 것이 전부였다. 이렇게 멀리 인도까지 와서 사막에서만 머물다 가는 것이 몹시 아쉬웠다.

우리는 조드푸르공항에서 인도 국내선을 이용해 서울로 돌아가는 비행기를 타기 위해 뉴델리공항으로 갔다. 다행히 귀국 비행기 편은 밤늦게 출발하게 되어 있었다. 덕분에 반나절 남짓의 여유 시간이 생겼다. 우리는 기념품도 좀 사고, 인도 관광을 하나도 못한 아쉬움을 달래기 위해 델리 시내의 관광 명소라는 인도문India Gate에 가보기로 했다.

겪어 봐야만 알 수 있는 것

뉴델리 시내의 도로는 매우 혼잡했다. 차량과 사람들의 엔트로피(무질서도)는 소와 차량이 한데 섞여 있던 조드푸르-자이살메르 고속도로와 똑같은데 자동차가 그보다 열 배 더 많다고 생각하면 된다. 차량들은 경적을 쉴 새 없이 울려댔다. 인도에서는 자동차가 다른 곳은 다 고장 나도 움직일 수 있지만 경적이 고장 나면 운행이 불가능할 것처럼 보였다. 우리가 탄 미니버스는 잘생긴 가이드 싱의 안내로 작은 가게 앞에 멈추었다. 천연재료로 만든 치약과 비누를 파는 가게인데, 인도를 다녀가는 여행객이 많이 사는 제품이라고 했다. 나는 따로 선물을 살 계획도 애초부터 없었고, 돈도 한 푼 안 가져왔지만 혼자 차에 남아 있기도 그렇고 해서 일행을 따라 내렸다.

기념품 가게 옆으로 작고 허름한 찻집이 나란히 붙어 있었다. 간판도 없고 인테리어랄 것도 없는 외관이어서 정확히 무슨 가게인지 정체를 짐작할 수 없었다. 손님들은 가게 앞에 내놓은 낡은 탁자에서 차를 마시고 있었고, 주인은 무엇인지 알 수 없는 재료를 끓는 기름에 넣어 튀겨내고 있었다. 그곳에서 중학생 나이쯤으로 보이는 어린 소년이 손님의 시중을 들거나 주인의 심부름을 하고 있었다. 학교를 다닐 나이, 공부를 해야 할 시간에 가게에서 허드렛일을 하고 있는 소년에게 어쩐지 마음이 쓰였다. 소년은 부지런히 움직이면서도 거의 무표정에 가까웠는데, 내게는 슬픔을 누르고 있는 것처럼 보였다. 가뜩이나 소년은 맨발이었다. 내 마음이 좋지 않았다. 하루하루를 그렇게 살아가고 있을 소년에게 자꾸 마음이 갔다. 모든 것을 다 잃었다고 떠들며 돌아다니는 나도 소년에게는 부자로 보일지 모른다. 적어도 나는 좋은 신발을 신지 않았는가.

영민의 동생은 어려운 사람들과 함께 살면서 그들을 돌보는 젊은 목회자다. 그 목사 동생이 반신불수이자 언제 악화될지 모르는 종양을 머릿속에 넣고 사는 영민에게 일갈했다는 말이 떠올랐다. 형이 언제부터 그렇게 불쌍한 사람이었냐고. '불쌍한 환자 코스프레' 같은 건 하지 말라고.

영민은 동생의 말이 기분 나쁘지 않았다고 했다. 오히려 깨달은 바가 컸다고 했다. 잘나가는 대기업의 부장일 때 그는 주변을 돌아보지 않았다고 했다. 그러나 치료와 재활을 위해 병가를 내면서 급여가 반토막 났고, 그 여파로 사는 것이 팍팍해지자, 그때서야 주변이 보이기 시작했다는 것이다. 보너스로 수천만 원씩 받을 때는 거들떠보지도 않던 동생의 교회에 요즘은 정기적으로 헌금도 한다고 했다.

꼭 겪어 봐야 아는 걸까? 대답은 '그렇다'일 것이다. 겪어 보지 않으면 모르는 게 인간이다. 사람은 누구나 다 저 잘난 맛에 살다가 한 번쯤 미끄러진다. 진창에 떨어져야 높은 데 있을 때는 도통 몰라라 하던 진창이 보인다. 가난도 추락도 육체적 고통도 겪어 본 사람이 겪고 있는 사람을 더 잘 이해하는 것이고, 동병상련이란 말이 와 닿는 것도 그래서이리라.

대기업에 근무할 때, 주인의식을 가지고 내가 사장이라는 생각으로 일하라는 말을 많이 들었다. 나는 물론 사장이 목표였기 때문에 내가 사장이라는 생각으로 일한다고 자부했다. 그러나 비록 작은 회사였지만, 진짜 사장이 되어 보니 그것이 아니었다. 사장이 아닌 사람은 정말 사장처럼 일할 수 없다. 직접 겪어보지 않으면 절대 알 수 없다는 걸, 나도 그때 또 한 번 절실히 느꼈다.

나도 그동안 걸핏하면 불쌍한 사람 코스프레를 하고 있었던 것은 아닐까. 실타래처럼 엉켜 잘 풀리지 않는 현실에 낙담해 너무 쉽게 삶을 포기하려 했던 것은 아닐까. 저들은 사막에서도 풀밭을 찾아내어 양과 염소를 먹이고, 이 복잡한 도심에서도 맨발로 주어진 삶을 살아내고 있는데. 혹 나는 신발값도 못 하고 있는 것은 아닌지, 더럭 겁이 난다. 아무튼 반성할 일이다.

어려움은 당신만의 전유물이 아니다

다시 미니버스에 올랐다. 도심은 복잡했다. 인도문을 찾아가는 차 안에서 바라본 뉴델리의 풍경은 모든 게 양극단으로 나뉘어 있다는 인상을 안겨주었다. 쓰레기장 같은 데서 사는 사람과, 대저택에 사는 사람. 고급차로 북적거리는 부자 학교 교문 앞과, 자전거와 오토릭샤가 대기하고 있는 가난한 학교의 교문 앞. 빈부의 격차가 엄청나서 누구는 벤츠 뒷자리에 앉아 말끔한 교복을 차려입은 아이가 나오기를 기다린다. 그곳에서 불과 몇 블록 떨어지지 않은 곳에서는 자전거를 끌고 온 부모들이 낡은 교복을 입은 아이들을 기다리고 있다. 이렇게 다른 복장, 다른 교통수단이지만, 아이들을 맞으며 다정히 포옹하는 모습은 다르지 않다. 부와 가난이 아이들을 사랑하는 부모의 마음에 격차를 만드는 것은 아닐 테다.

예정대로 인도문에 도착했다. 과연 인도에서도 내로라하는 관광지 가운데 하나인 모양이었다. 주차장에는 인도 각지에서 온 수많은 버스가 출발지를 앞 유리창에 써 붙인 채 관광객들을 내려놓거나 그들을 기다리고 있었다. 인도문은 파리의 개선문을 연상시키는 커다란 문 형태의 조형물이다. 제1차세계대전 때 전사한 영국령 인도 제국의 군인 약 8만 5,000명을 추모하기 위해 세워졌다. 이 기념물의 벽면에는 전쟁터에서 죽은 병사들의 이름이, 언제 어느 전투에서 사망했다는 기록들과 함께 빽빽이 새겨져 있었다. 문 앞에는 말쑥한 정복에 총을 든 군인이 부동자세로 보초를 서고 있고, 향로에는 불이 활활 타오르고 있었다. 나라를 위해 싸우다 희생된 군인들을 기리는 현충탑 역할을 하는 것 같았다. 국가를 위해 죽은 자들은 여기서 영원한 안식을 취하고, 산 자들은 이렇게 죽은 자들의 이름이 새겨진 문 앞에서 사진을 찍는다.

인도 문. 죽은 자는 이곳에서 안식을 취하고 산 자는 사진을 찍는다

사막 위의 두 남자

인도인들은 대체로 죽음을 대하는 태도가 참으로 의연하다. 이들이 윤회를 믿기 때문일까? 윤회라는 개념을 처음 고안해낸 인류가 고대 인도인인지 아닌지는 모를 일이지만, 다른 어느 민족보다 인도인들이 윤회의 개념을 신봉하는 것은 사실인 듯하다. 힌두교사상의 일부이기도 하면서 불교의 중요한 한 자리를 차지한 윤회사상은, 21세기인 현재에 이르기까지 인도 사회에 뿌리 깊게 박혀 있는 카스트제도라는 악습의 정신적 근거도 만들어놓았다.

브라만이나 크샤트리아 같은 높은 계급에 속한 자는 전생에 선업을 쌓은 사람이고, 만져서도 안 된다는 뜻인 불가촉천민은 틀림없이 전생에 나쁜 짓을 했을 사람이라는 것이다. 그러니까 윤회사상은 어떤 취급을 받든 당연하다는 논리적 근거를 제공한다. 그러나 부처는 그렇게 생각하지 않았다. 부처는 죽음 이후의 삶을 묻는 제자들에게 여러 차례 노코멘트로 일관했다. 그러면서도 죽음 자체는 어쩔 수 없으며, 우리 모두가 당연히 맞이해야 하는 것이라고 말했다. 《성경》에서는 예수가 죽은 나사로를 다시 살려내지만 부처는 비슷한 사건에서 좀 야속하게 반응했다.

부처에게 귀한 외동아들을 잃은 여자가 찾아온다. 여인은 자신이 전지전능하다고 여기는 부처에게 아들을 살려달라고 애원한다. 부처는 '만약 아무도 죽은 사람이 없는 집에 가서 겨자씨 한 움큼을 얻어 오면 살려주겠다'고 약속한다. 한참 후에 여인이 돌아와서는 '아무도 죽은 사람이 없는 집은 한 집도 없다'고 말한다. 그제야 부처가 말했다. '사람은 모두 다 죽게 되어 있다. 그것을 받아들여라.'

윤회를 철저히 믿어서인지, 아니면 죽음이 당연하다는 힌두교와 불교의 내세관이 인도인의 정신세계를 지배하고 있는 까닭인지, 인도의 국가 추모 시설이기도 한 인도문은 엄숙하지 않다. 한바탕 유쾌한 유원지로 비친다. 인도문 주위는 수많은 내외국인 관광객으로 붐볐다. 구걸하는 거지, 이름을 새긴 팔찌를 팔려는 소녀, 조악한 기념품을 들고 호객하는 소년들이 관광객들 틈에 뒤섞여 있었다. 아이를 안은 채 손을 내미는 여인이 불쌍하고, 팔찌에 이름을 새겨 만들어준다는 소녀가 예쁘고 안쓰러웠지만, 주머니가 텅 빈 나는 거절밖에 달리 할 것이 없었다.

누구는 사는 것이 죽을 만큼 힘들고, 또 누구는 전쟁터에서 죽어 이름만 남았는데, 산 사람들은 그들 죽은 이들을 기리는 장소에 와서 살아 있는 삶을 누리고 있다. 죽은 자는 죽은 자이고, 산 자는 살아야 한다. 부자든 가난뱅이든, 맨발이든 구두를 신었든, 살아 있으므로 살아내야 한다. 그것이 하늘이 우리에게 주신 명령이다. 생명生命, 살라는 명령.

삶은, 우리가 살아 있는 한 계속된다. 때로는 두 발로 사막을 건너며, 때로는 낙타를 타고 모래언덕을 넘으며 나는 '그럼에도 불구하고' 삶은 계속된다는 사실을 아프게, 그리고 기쁘게 깨달았다. 어려움은 나만의 전유물이 아니고, 삶은 원래 고통스러운 것이다. 하지만 '그럼에도 불구하고' 삶은 기꺼이 살아내야 할 가치가 있다. 그것은 신이 우리에게 내린 고결한 명령이다. 삶을 살아내는 것이야말로 모든 생명 있는 것들에게 주어진 유일한 의무일지도 모른다.

어디로 가야 할지 갈피를 잡을 수 없는 사막이지만, 분명 그곳에는 길이 있다. 라듀는 자신의 집으로 향하는 익숙한 길 위에서도 끊임없이 길을 물었다. 포기하지 않고, 원망하지 않고, 길을 찾아 뚜벅뚜벅 걸어 나가는 것만이 우리가 할 수 있는 일이고, 우리가 해야 할 일인 것이다.

사막은 나에게 이야기한다. 아직 나에게 버릴 것이 많다고. 사막을 온전히 건너가기에는 가진 것이 너무 많다고. 이제 서울로 돌아가면 그것들을 하나하나 내다버리고, 홀가분한 차림으로 내가 가야 할 길을 찾아야 하리라. '겸허함'과 '용기'가 나의 길동무가 되어주리라.

인도문의 불빛

삶은 삶 그 자체로 받아들이는 것

사막에 다녀온 지 1년이 지났다. 떠나기 전 막연히 기대했던 것과는 달리 그 여행이 내 삶이나 정신을 '결정적'으로 바꾸어놓지는 못했다. 어떤 이에게는 어느 한순간의 경험만으로도 인생이 송두리째 뒤바뀌는 인식의 대전환이 찾아온다고는 하지만, 안타깝게도 열흘 남짓한 나의 사막여행은 거기까지 이르지는 못했다.

실제로도 사막을 가기 전이나 다녀와서나 내 주위 상황이나 환경은 크게 달라지지 않았다. 여전히 많은 동료, 선후배들이 가혹한 현실이라는 사막으로 내몰리고 있는 것도 똑같다. 달콤한 열매와 큰 그늘을 제공해주던 비옥한 대지와 울창한 숲도 하루가 다르게 사막화가 진행되는 중이다. 총체적으로는 좋아진 것보다 나빠진 것이 더 많아졌는지도 모르겠다.

아, 물론 동행했던 영민의 겉보기 건강은 좋아졌다. 굳이 겉보기 건강이라고 한 것은 영민의 병증이 실제로 완화된 것 같지는 않기 때문이다. 머릿속 종양은 그대로고, 왼쪽 손발이 부자연스러운 상태에서 오른쪽을 많이 의지해 사용하다 보니 척추에도 무리가 왔다. 그래서 추가로 허리 통증 치료를 받고 있다. 그럼에도 불구하고 영민은 전보다 훨씬 좋아 보인다. 예전에 투병 소식을 듣고 병문안을 가서 만났을 때보다 한결 밝아졌고, 그 어느 때보다 생의 의지가 충만해 보인다. 사막여행이 그에게 긍정적인 에너지를 만들어준 모양이다. 반갑고 고마운 일이 아닐 수 없다.

나머지는 그저 그렇다. 나의 일상도 변한 게 없다. 전과 같이 작은 실패에 좌절하고 작은 즐거움에 기뻐한다. 상실을 허전해하고 얻음을 뿌듯해한다. 그리고 그렇게 삶은 계속된다.

사막에서 내가 놀란 것이 있다면 그것 하나다. 그곳에서도 삶은 계속되고 있다는 것.

너무나 황량해 아무것도 없을 것 같았던 곳. 그래서 내 황폐해진 삶을 객관적으로 바라볼 수 있으리라 생각했던 곳. 그렇게 아무것도 없음을 보러 간 그곳에서 정작 내가 보고 온 것은 지극히 일상적인 삶, 너무나도 평범한 삶이다.

사막에서도 사람들은 콩을 심고, 염소를 치고, 아이를 낳고, 그 아이들은 신기한 것들을 구경하기 위해 몰려다녔다. 사람이 사는 곳이라면 그 어디든, 생명이 존재하는 곳이라면 그 어디든, 삶은 지속된다. 아무 이유 없이.

> 장미는 아무런 이유도 없다.
> 그것은 꽃이 피기 때문에 꽃을 피우는 것이다.
> 장미는 그 자신에게 관심이 없고
> 사람들이 자신을 보는지도 묻지 않는다.

17세기 신비주의자 시인 앙겔루스 실레지우스의 시다. 그는 존재가 존재하는 이유를 이렇게 표현했다.

가령, 사랑하는 사람이 이렇게 묻는다고 하자.

"자기는 왜 내가 좋아?"

사랑에 이유가 있다면 그것은 진정한 사랑이 아니다. 사랑이기 때문에 사랑하는 것이고, 사랑하기 때문에 사랑인 것이다. 그러므로 답은 이것이다.

"그냥."

존재가 존재하는 곳에 '그냥' 존재하고, 사랑이 '그냥' 사랑이듯이 우리의 삶도 마찬가지다. 삶도 어느 곳에나 '그냥' 있고, 어느 곳에서나 '그냥' 계속된다. '왜?'라는 물음은 불필요하다. '그냥' 그것이 삶이니까.

사는 데 이유가 있으면 피곤하다. 조국과 민족을 위해서든, 정의 구현을 위해서든, 진리 탐구를 위해서든. 소소하게는 자식들을 위해, 라고 해도 그런 삶은 피곤하다.

아이들은 무엇을 위해 살지 않는다. 그들의 삶이 더 즐거운 것은 그래서다. 우리가 무엇을 위해 혹은 무엇 때문에, 하고 이유를 달고 살기 시작할 때가 바로 우리 삶이 불행해지기 시작하는 때인 것이다.

100세 시대라고 하니 인생의 절반을 산 셈이다. 막 후반전으로 들어설 즈음, 전반전의 실점을 만회하고 역전골을 터뜨릴 만한 해답을 찾을 수 있지 않을까 싶어 사막 여행을 단행했다. 그러나 그런 나의 마음이 헛된 욕심에 불과했다는 것을 알았다.

인생의 목표는 도전과 정복에만 있는 것이 아니다. 삶을 삶 자체로 받아들이는 것, 살아 있기 때문에 사는 것이 곧 인생이다. 어떠한 이유를 달지 않고 삶을 겸허히 수용하는 것이야말로 진짜 조물주의 뜻에 맞는 삶일지도 모른다. 나는 그 척박한 땅에서도 아름다운 생명을 이어 나가는 사람들을 보며, 이름 없는 풀들과 사막의 벌레들을 보며 그 사실을 깨달았다.

이제 나는 그 어느 곳보다 있는 그대로의 나를 받아준 그곳을 기억하며 그들처럼 나의 삶을 계속해 나갈 것이다. 부족하든 여유롭든, 이유 없이.

또, 비정한 현실이라는 사막으로 새로 이주해오는 사람들에게 말해 주고 싶다. 이곳에서도 삶은 계속될 수 있다고. 아니, 계속되어야만 한다고. 비참한 현실을 회피하기 위한 달콤한 위안에 불과하다고 비난받을 수도 있을 것이다. 적극적으로 투쟁해 사막화를 막고 환경을 개선해야지, 그런 식의 안이한 자기위안은 패배주의와 다름없다고 나무랄지도 모른다.

그러나 그것은 진짜 어려움에 빠져 보지 못한 사람들이 무분별하게 건네는 추상적인 조언에 불과하다. 지금 당장은 "괜찮아, 이곳에서도 삶은 계속될 거야."라는 진심어린 위로가 우리에게는 더 필요한 샘물이다. 그 다디단 샘물이 기필코 우리를 일으키리라.

나아가 내 삶이 아무 이유 없이 그 삶 자체로서 소중하고 아름답다는 것을 깨닫게 된다면, 거기에서 얻은 힘으로 새로 세상을 살아갈 에너지를 생성해낼 수 있으리라. 내 삶의 환경을 더 좋은 곳으로 바꾸어 나갈 수도 있으리라.

이제는 인생의 사막이 두렵지 않다. 그리고, 신비로운 생명들이 가득한 인도 타르 사막에도 다시 한 번 가보고 싶다. 내 헛된 욕심에 불과했던 기대와는 달랐더라도 사막에서 나는 분명 무엇인가를 보았고, 내 안에 온전한 나를 채워 넣을 수 있었으므로.

KI신서 6872

사막 위의 두 남자

초판 1쇄 인쇄 2017년 1월 10일
초판 1쇄 발행 2017년 1월 24일

지은이 배영호 사진 제이리미디어
북에디팅 정길연
펴낸이 김영곤 펴낸곳 (주)북이십일 21세기북스

실용출판팀 배상현 김수연 이지연
디자인 나루다
출판사업본부장 신승철 영업본부장 신우섭
출판영업팀 이경희 이은혜 권오권
출판마케팅팀 김홍선 신혜진 조윤정
홍보팀 이혜연 최수아 홍은미 백세희 김솔이
프로모션팀 김한성 최성환 김선영 정지은
제작팀장 이영민

출판등록 2000년 5월 6일 제406-2003-061호
주소 (10881) 경기도 파주시 회동길 201 (문발동)
대표전화 031-955-2100 팩스 031-955-2151 이메일 book21@book21.co.kr

(주)북이십일 경계를 허무는 콘텐츠 리더

21세기북스 채널에서 도서 정보와 다양한 영상자료, 이벤트를 만나세요!
가수 요조, 김관 기자가 진행하는 팟캐스트 '[북팟21] 이게 뭐라고'
페이스북 facebook.com/21cbooks   블로그 b.book21.com
인스타그램 instagram.com/21cbooks   홈페이지 www.book21.com

ⓒ 배영호 2017

ISBN 978-89509-6872-4 03810